谨以此书献给我所景仰的男人们

阳光点燃心灯

谢新源 著

人民文学出版社
PEOPLE'S LITERATURE PUBLISHING HOUSE

图书在版编目(CIP)数据

阳光点燃心灯/谢新源著.—北京:人民文学出版社,2013

ISBN 978-7-02-009919-1

Ⅰ.①阳… Ⅱ.①谢… Ⅲ.①散文集—中国—当代 Ⅳ.①I267

中国版本图书馆 CIP 数据核字(2013)第 129296 号

责任编辑 **脚 印**
装帧设计 **马诗音**
责任印制 **史 帅**

出版发行 **人民文学出版社**
社　　址 **北京市朝内大街 166 号**
邮政编码 **100705**
网　　址 **http://www.rw-cn.com**

印　　刷 **北京市松源印刷有限公司**
经　　销 **全国新华书店等**

字　　数 **120 千字**
开　　本 **880 毫米×1230 毫米 1/32**
印　　张 **8.25 插页 2**
印　　数 **1—6000**
版　　次 **2013 年 8 月北京第 1 版**
印　　次 **2013 年 8 月第 1 次印刷**

书　　号 **978-7-02-009919-1**
定　　价 **29.00 元**

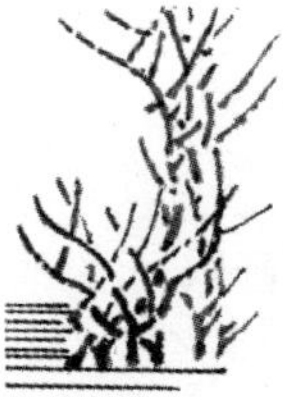

目 录

序

周大新

初夏的清晨，一缕阳光穿透北京的雾霾，轻洒在我的书桌上。书桌上放着的，是一部即将由人民文学出版社出版的散文集《阳光点燃心灯》的书稿。作者是总后勤部的作家谢新源。

新源一九八三年和一九八七年分别毕业于铁道兵工程学院、桂林陆军学院，一九八八年六月调入第一军医大学，担任过宣传干事、学员队教导员、学员旅和基础部副政委，边工作边坚持业余写作。二〇〇二年九月至今长期担任干休所领导，依然笔耕不辍。他自幼爱读文学书籍，对文学始终怀着一份热爱，一九八〇年适才入伍，就开始业余创作，已经先后出版过八本文学作品，并获过不少奖项。新源的散文我读过不少，他之前出版的散文集《沧桑无语》、《纯洁的季节》和《阳光裹着记忆》中的很多篇章，我都读过。读他的散文，我常会被他朴素而充满真挚感情的文字所打动，心里升起温暖之感。如今，在阳光下翻开这本《阳光点燃心灯》，眼前更是阳光一片。

《阳光点燃心灯》这本集子收录了新源近些年发表和新写的散文二十九篇，有写人物的，有写四处行走见闻的，有写关于信仰、志向、智慧等问题的思考成果的，其中的核心人物全部为男性。这与他去年也由人民文学出版社出版的全部有关女性记忆的散文集《阳光裹着记忆》形成姊妹书，颇显特色，在写作和出版领域或尚不多见。这本集子的开始几篇，新源倾注满腔思绪，深情地缅怀父亲，写得如泣如诉，令人感怀不已。

他在《父亲》、《父亲的花鸟草木闲事》、《我那温暖而残酷的冬天》和《早晨的太阳真暖和》等文章中，仔细回顾了父亲的一生，多层次多角度多面向地深情刻画了父亲的形象。他特别用心地写了父亲用萝卜为他做灯的经过，多次复述了让他终生受益的父亲那句“我相信你”，让我们知道，在他的心里父亲就像太阳，一直在用阳光照耀着他，点燃着他的心灯。通过读他的文字，我自己也感受到了他父亲身上散发出来的人性之光，觉得这个老人是民间的智者。

毫无疑问，这些散文是新源表达情感的重要篇章。他让冰封已久的心灵重新燃烧起来，用多元互补的创作方法，写出苦难中的幸福意蕴、艰辛中的欢愉情怀、悲切中的温暖追思，以从容心态描写父亲的真实人生，以平凡生活表现父亲的不平凡人生。从这些篇什中我们可以看出新源业已形成的冲淡温馨的散文写作风格，显得弥足珍贵。

除了父亲，新源还写了爷爷、叔叔、恩平爷、春云老爷、故乡三老、牛家二兄弟等人物。爷爷为了引开鬼子，自己壮烈牺牲；叔叔身患重病，却退而不休献余热；恩平爷的烧饼一直香在他的心里；春云老爷的医术在他身上传承……这些善良朴实的亲人们，用他们平凡的人生经历，给了作者刻骨铭心的记忆，也给了读者难以忘怀的感动。我们经常追寻人活着的意义，新源笔下的这些平凡人物，用他们的人生故事告诉我们，给亲人给他人带来爱，就是人活着的意义之一。

但，这似乎只是表象的。我还从这些篇章里窥见了新源对苦难和美丽的倾诉，对大地和历史的沉思，开掘出的男性的“硬汉之美”、“精神圣战”，以及对本土文化精神的凝聚。他的笔触时而充满男性的柔情，时而裹挟着男性的阳刚；时而形象如山，时而性情似水，颇显历史质感与诗性飞扬。我感觉在这一点上新源做到了散文写作对传统的延伸和超越。

作为一名军人，新源的笔下自然少不了青春岁月和军旅人生，少不了他那些亲如兄弟的战友。在《考军校》中，政委为了帮助他考上军校，不惜牺牲儿子的学习时间，让儿子小明给他“开小灶”补课；《我的兄弟东》写的是与他一起入伍的战友，还是表兄弟，他们一起度过了难忘的新兵连生活，并一直保持着联系，直到东因车祸辞世；《泪梦》写的是军校同学雷，沉稳、宁静、彬彬有礼，曾经做过他的射击“教员”，后因胃癌而英年早逝。写这些人的故事时，作者有忧伤有痛楚，有对战友之间那份真情的歌颂。从军之人，生活在相对封闭的军营里，从事着极其危险的事业，军队是一个特殊的群体，这里的人际关系表现出一种特殊的景观。对这个群体的情感样态进行呈现，于我们认识环境给人的情感带来的影响会有帮助。

新源已有三十四年的军龄。三十四年来他忽西忽东、忽北忽南，用脚丈量大地，用目光审视天空，生命里跃动着特殊的军旅风情。所以，他的这些军旅散文充满了至情至性的乡愁，展现了纷繁人生的心影，蕴含着人性的思考，不仅仅以豪壮基调表现军旅生活，更以坎坷经历诉说人生，呼唤和展示军人灵魂中的人性之美。我也觉得这是新源对军旅散文以柔蕴刚写作的尝试和创新。

在这本书里，新源除了写普通人，还写了民族英雄林则徐，写了民主革命先行者孙中山，写了惊世枭雄拿破仑，把对大人物们的看法勇敢地写了出来。另外，他还不惜笔墨，以洋洋万言，详细写出既非大人物亦非小人物，但可以归入普通人物的陈式太极拳创始人陈王庭及其家族。人类社会的发展，从来都是由精英人物和普通大众共同推进的，新源的笔在这两个人群中穿梭，显示出他观察社会的视域更宽阔了。

他用上千的文字，却写出了这些领袖或精英人物波澜壮阔的人生，通过挽悼与反思，让他们焕发出生命的力量和光彩。这十分难能可贵。而且通过阅读新源的这部分文章，我们或许会发现他所写作的这类散文，已明确地显现出学者散文的风貌。

不知不觉中，书稿读完，太阳也已升得很高，释放出更大的能量。新源的文字与阳光一起，让我通身暖洋洋的。但愿读者朋友们在读这本书时，会和我有相同的感受。

癸巳年初夏于北京

父亲

或是临近父亲的忌日了，这段时间做有关父亲的梦骤然多起来，在梦中和父亲说闲话，一日三餐，甚或受他训斥，完全是他活着的生活。然而，梦终觉醒，梦里的温馨尽皆散去，失父的悲凄陡地袭上心头，却无法加以排遣，就那么就着黎明前隐约的曦光，凝视着天花板，静静回想父亲生前的事。

1

父亲四十岁的时候，农村还在实行公社化管理，在生产队他是壮劳力，平时下地干活每天可挣十八分（二十分为一个劳动日，价值五角）。但在农忙季节，如收麦种秋，收秋种麦，活重，一天能挣二十五分。我们家六口人，壮劳力仅父亲和哥哥，每年能挣高分的时间有四五个月之久，所以，像我们这样的家庭，这几个月父亲是须拼命干活的。但在生产队亦有另一些活计，如为队里饲养牲口、喂猪等，强度不甚高，日复一日，又劳作在屋、棚之内，免风吹日晒之苦，便久约成俗，无拘农忙农闲每天都记十八分，这样的美差，往往众人争之不及。

我记得那是初夏，麦黄杏熟，乡人们磨镰碾场，忙于开镰收麦。三夏大忙亦正是牲口派上用场的时候，却不想饲养员以患病为托，向队长提出辞职，而实则趁其农忙，去多挣些工分罢了。猪无夜食不肥，马无夜草不壮，饲养员的发难突如其来，为众人所不齿，队长惊诧之余费尽口舌，而那人却是铁了心的。

五六匹骡马断炊在即，众社员不得不放下手中活计连夜开会推选继任者。天见热了，满场的蒲扇声，许久，却无一人发言。冷场，不该是乡村聚会的风景，而在平时，这样的活是根本用不着兴师动众的。飘飘渺渺的月光，透过薄云款然而下，起了些许微风，树叶沙沙作响，偶尔有一二声知了的残鸣，越加衬出夜的寂静。

月至中天，会场仍是一片沉寂，眼前的现实利益，使得无人敢于打破这种令人难堪的沉寂。

“我来吧！”声音是从榆树根下传出的，低沉且略带沙哑。这是父亲的声音。他蹲着，背靠古榆，布满倦意的脸仰望着夜空中的流云。

“散会。”队长闷声闷气宣布。众人带着惊奇渐渐离去，我看到队长快步走到古榆下，两双大手很有力地握到一起。这年，我们家成为全队唯一的缺粮户，尽管队长将饲养员的工分从每天十八分提到二十分。

听说缺粮，母亲瞬时就落下泪来，不知道父亲为何还要做她认为再傻不过的傻事，直埋怨他还没接受年初时受人刁难的教训。

也是这年的开春，正忙于田间耕作的父亲，突然被大队会计叫去说要查他的账。问缘由，对方说有人举报父亲在当生产队会计时，有笔年终分红的账，账面与实分现金不符，账面多出几十块钱，且该账未作移交，有落入私囊之嫌。父亲是在此三四年前当过生产队会计的，而那时父亲作的每笔账社员们最为清楚：清晰、有条不紊，找不出一笔糊涂账。他曾为自己立约：“账不过夜，分毫无差；守规戒贪，不留闲话。”

知道是个别人有意为难父亲，母亲数落一番后，血气方刚的哥哥径直找到村支书，欲为父亲叫屈。但父亲却异常平静，虽然事情过去数年，他也记不太清来龙去脉，不过他心里有底，账未移交，是因为已届满保存年限，而数额不符，当自有缘由。

父亲是心细之人，尽管他已卸任会计几年，照规定过时之陈旧账目早该作炉膛里的引火材料而销毁，他还是将它捆扎好，码在阁楼上，这样很快就查清了那笔账。原来，当初正在做那年年终分红的账，五保户张奶的肺心病突然发作亡故。按规定人亡户口销，自然不再参与分红，父亲也就没将张奶的名字写到账面上。后来，队委会一致认为，张奶亡于年尾而非年首，虽享受五保，但老人家不计报酬，为队里做了不少活，应该分红。张奶无子，父亲将她应分之红让她早已出嫁他乡的女儿领走了，而把队委会所做的决定，书面成文单独附于账后，不注意是找不到张奶的名字的。

事情水落石出，大队会计来找父亲致歉，父亲摆摆手说："这都怪我，如果当时我把张奶的名字补写进前面所有人的名字中，就不会有这等误会的事了。"

2

在储藏手稿的抽屉里，我珍藏着父亲的几十封来信，多则千言，少则数语，都像他性格那般朴实。

平生读到的第一封信即是父亲的。那是十三年前的隆冬，闷罐车把我从豫北拉到潼关华山脚下的新兵连，第二天，通信员说有我的信。我听了觉得纳闷，昨天刚到还没顾上写信，谁会知道我的地址？我半信半疑地跑到连部，竟是父亲的笔迹呢！在战友们羡慕的目光里我打开信，父亲说怕我头回出远门想家，影响训练，就先向接兵的江团长问了地址，我前脚上车他后脚回家就写了这信。我哭了，情真意切，确实体会到知子爱子莫如父！这天晚上，当我郑重地拿起笔，写着给父亲一生中第一封报安信时，我觉得我真正是个大人了。

新兵训练结束，我被分配到物资局卫生所当卫生员。之后，父亲给我的信，有关父子情长抑或生活细节的内容少了，多讲他人生心灵历程和对于我的种种告诫。我常常惊叹，读了三年私塾当过八年兵的父亲，写信语言平平淡淡，字里行间却不乏思想的深邃。父亲原是个爱书的人，不会打牌、下棋，亦不喜麻将、打猎，农闲或落雨下雪，不做农活他就捧了古书坐在走廊上读。我离家千里，父亲对我思想和行动的适时引导，我想，这或许是他勤思与秉性淡泊的缘故。

第二年，服役时间过去三分之一，我们这批兵凡从农村来的，都准备报考军校。不少战友将此视作跳出“农门”的契机，自然我也不能例外，下了十足的功夫复习文化课。不料，我第一轮摸底考试即遭淘汰，差一分没上线。那些天我有些失魂落魄，耿耿于怀的，事情过去许久才记起给父亲写信。半月后父亲的信来了，就格言式一句话：“把宝押在这一次或这一个选择上，干番大事的希望永远遥远。”

像童年做错事挨过父亲一巴掌，我从心灰意冷中清醒过来，觉得天和地宽阔多了。抛开所有杂念，我几乎把能挤的业余时间全花在复习文化课上。初夏，我被批准参加全军统考，幸运地被石家庄一所军校录取。一天上午，我从政治处拿回入校通知书，边下楼梯边读，好像就是父亲那封格言式的信。

信，在遥遥千里两地间，把父与子的心紧紧地结在了一起。不知不觉我也进入了恋爱季节。姑娘是军人，十分漂亮，活泼热情而落落大方，爱写抒情诗和散文，两人性格确是相投。那段时间，我身上每个细胞仿佛被注进兴奋剂，常常无故地喜无故地乐。我将幸福不加掩饰地告诉父亲，父亲回信很快，又是一句冰冷的格言：“热过了头，冷了就不易化开。”

初涉爱河，我确是被爱冲昏了头，并未领会父亲的苦心，依然如故。然而，时隔不久，像多数初恋者一样，我也未能摆脱失败，原因自然是说不清道不明的。不幸被父亲言中，我冷静下来，再三体会那句箴言，竟有种豁然开朗的感觉；爱情是永远无解的斯芬克斯之谜，真情有时未必能够换得真诚，痴情有时或许会被误解。父亲的信带给我那么多的人生启示，他以其睿智、深刻且不乏幽默的思想，更加赢得我对他的崇敬、信赖与理解。

可是时隔不久，年届六旬的父亲突然卧病在床，他得了前列腺炎等多种疾病。生理上的痛苦残酷地折磨着父亲，而我仍能不断地收到他的信，只是信越发的短，从柔弱的笔力和松散的构架上，可以看出父亲是付出了极大的毅力。这年冬父亲的病更重了，颤抖的手握不稳笔杆，不得不中断了给我写信。一种苍凉袭上我的心头，不胜悲哀，从病情和年岁上看，父亲是不可能再给我写信了。我失去的可仅仅是父亲的爱么？

去年冬天，父亲卧床五年之后病故，我从千余里之外的广州赶回家中，终是未能最后见上一面，悲痛和内疚至今仍然沉重地压迫着我。这是一笔永远无法偿还父亲的感情债。返穗之后，我就把父亲的来信一一找出，读着信泪就不住地流，父亲留给我的何止是这七八万字的文字？

我将父亲的信整理成册，珍藏进抽屉，也珍藏进心中。我常常展开来读，每次和父亲做心的交流，总觉得他并没有离开我，他就坐在我的对面。

3

父亲这人怪，二十岁前当兵，操枪弄炮，后来和从艺的母亲相识，谁知就被感染了，逐渐弃武从文，始学说唱。

解放初，母亲是西安城知名的艺人，电台常播放她说唱的河南坠子。母亲并非名门闺秀，她甚至不识字，说唱的段子由别人代读，她逐句记住。可母亲的聪慧正在于此，段子无拘长短，《三国》或《水浒》，复述几遍，她便能记牢。与父亲相识后，由父亲为她读段子。父亲还动手创作，把新社会的新事编成段子。如此，母亲的说唱就合上了时代节拍。

六十年代初，我们全家从西安城迁回河南乡下，外祖父和母亲继续从艺，游走四方，也就一年的光景，他们的人品和戏品方圆几十里出了名。“文革”开始，他们所说唱之演义、传记皆成“四旧”，不能再登台。政治口号式的演出充斥田间地头，我们村里能演会唱者寡，宣传队迟迟无法建立，村干部急似火燎，就来请母亲。母亲却不买账，以体弱为由婉拒。

“对运动要有个态度哟。”村干部冷冷地说。

这话意味深长，令父亲颇为胆怯，忙嗫嚅着附和：“让我试试，让我试试。”

“你？”人们并不知晓父亲能唱能演。

第一个角色，父亲男扮女装，出演农村大娘。父亲身穿蓝色对襟布衫，扎条白头巾，额上画了抬头纹，裹小脚，那扮相、唱腔、道白，十足乡间老太太的形象。这出戏虽然政治气味浓，却因父亲惟妙惟肖的表演，而成为宣传队一段时间的保留节目。

乡间能唱能跳者本来就少，男扮女装则更为鲜见，所以，很快父亲在外就有了名声，邻村的宣传队甚至请他去做指导。然而，那时的节目讲究“短、平、快”，不论春夏秋冬，不管白天晚上，有节目就演。内容单纯，都是好人好事之类。父亲过去大概是学唱古装戏的，能唱现代小豫剧已够难为他了，不适应即编即唱即演，渐渐地父亲能演的节目越来越少。

可宣传队的头儿又不允许他离队，因为他毕竟懂行，从节目编排到动作设计都能出些点子。父亲倒也闲不住，前台无用武之地，他便悄悄跑到后台，无声无息地干杂活。父亲凡事讲究整洁有序，从锣、鼓、钗、弦、板一应吹拉弹拉乐器，到化妆品油、脂、膏、粉、镜子、眉笔、服装、道具，皆放在随手可取，而又不碍手脚的地方。原来杂乱无章的后台，因父亲的精心一时间整洁了许多。后台忙完，父亲又跑到前台拉大幕，为那些忘词儿的演员提词。

父亲或是料到演技日后还有派上用场的时候，保持着兴趣，台下常和母亲聊及说唱念打的话题。

宣传队两年之后终于要唱大戏了，首场排演豫剧《三世仇》，父亲当然要出场，且演主角儿。不过，他不再男扮女装。父亲唱得动了感情，如泣如诉，声情并茂，深深感染了乡人们。这天晚上寒风袭来，风势猛，幕布被吹得合不拢，哗哗直响，而父亲却用铁嗓子把观众唱得纹丝不动。演出获得成功，父亲的名字再度被人叫响，而且，乡人们开始尊称他“戏人”。

之后，父亲又导演过由八大样板戏改编成豫剧的《红灯记》、《杜鹃山》等，出出叫好，如此一直持续到“文革”结束。七十年代末，我们那地方的人多外出打工，人们不再对乡间的戏文、说唱、杂耍感兴趣，由宣传队易名的剧社也解散了。父亲亦年岁渐大，除去心情畅快时自唱自乐，也不再过问演戏的事儿，倒是母亲难捱无戏可看的日子，常常念叨。

4

始终有盏灯笼的影子拂之不去。在我记忆里，它如夜空中明亮的星，常能在我困顿抑或受挫折时，点燃心怀的希望。我也常将灯笼的故事讲给妻子，她戏谑说：“这灯笼该不是你的指路明灯吧？”我沉思片刻告诉她，可以这么说。元宵节点灯笼的习俗，在故乡已经流传了许久，但在相当长一段时间里我并不清楚这个习俗的内涵和典故。有时就妄自猜想，正月里闹元宵，灯笼或许正是为这个“闹”字而点燃的？否则，“闹”从何谈起？不过，我和小伙伴们一起开始做耍灯笼的游戏，却全是冲着那个“玩”字的。

故乡的灯笼大都是纸扎的，有椭圆和桶状的。颜色以大红、粉红居多，也有淡绿和淡黄色几种。往往是在元宵节这天夜晚即将来临时，先买了细细的蜡烛，插牢在灯笼底部的凹槽里，伴着新月的升起而点燃。这时，夜便不再寂静，刚刚还是冷月清辉，积雪皑皑的街巷，立刻灯火齐明。数不尽的灯笼，忽上忽下，忽左忽右，在

夜空里跳动，像是突然从什么地方刮来，星星点点，夜就十分华丽而富有韵味了。尤当夜色浓厚，由于灯笼的昏黄，晃来晃去，如隔岸观火，仅见灯光不见人影，欢笑声也仿佛从半空中抖落下来，悠远缭绕，一切都恍若仙境，那“闹”字就被淋漓尽致地凸现了出来。

有时，会突然从灯火深处传出惊恐的呼救，接着是团耀眼的烈焰，那必是谁家的灯笼不慎颠倒了里边的蜡烛，烟灭灰飞，夜空中少却了一颗星星。元宵节之夜，风雪交加亦是常有的事，纸笼还会被雪水浇塌了架，如此，任何美丽的灯笼唯有躲在自家的门洞里去玩了。

然而，这一切都与我无缘，三年自然灾害，勉强糊口的家庭使我不敢有属于自己的一盏灯笼的奢望。记事之后的每年元宵节，我都是看着别人家孩子提着灯笼点亮童年的梦境的。年复一年，我渐渐地远离了灯笼，淡忘了灯笼。但我的渴望并未消失，若是晴天，节日的晚上独立在院落中间眺望夜空，满天的星辰和初升的新月即是我童年的灯笼。

“咱自己做吧？”父亲已年过不惑，或许觉得过于苦了我，六岁那年过年，从年前就开始唠叨做灯笼的事儿。而父亲的提醒很是令我羞愧，每年春秋，我都要做三两只风筝到旷野里去放飞，怎么就没有想到去做一盏灯笼呢？

“做什么样的？”我问父亲。我相信纸灯笼是一定能做得出来的，可是要去花钱买彩纸和蜡烛。而且一旦化为灰烬，烧掉的可能会是我童年梦中所有的希望。

“小时候，我买不起纸灯笼，就用青萝卜头做一个，比买的还美。”父亲肯定地说。“青萝卜？”我惊奇于父亲的想象，青萝卜除了吃，还没听说能做灯笼。

“爸爸把做法说给你，你自己动手。用青萝卜的头，截下大概两寸来长，掏空一端，填上谷糠，倒进棉籽油，再把宽些的布条儿搓成捻子埋入油糠里去，做成灯芯，最后在另一头侧面挖个孔眼，插进软软的柳条儿，燃亮灯芯就是盏灯笼。”父亲边说边比划，总是蹙着的苍白的眉结舒展开来，我第一次看到他这样的眉飞色舞。

而天公却不作美，阴沉下来，且起了北风，是个风雪交加的元宵节，这样的天气是无法玩耍灯笼的。然而，终是受父亲情绪感染，想着即将有一盏属于自己的灯笼，就按捺不住心情的亢奋。到了晚上，天或许会好起来的，我想。

照父亲所说，果然就做出了一盏有着长长把儿，握一端在手，另一端上下摆动的灯笼了。不过，确切地说这是盏名符其实的灯，因为它有灯无笼，是加了长长把儿的灯。

入夜，北风吹得越发的紧，伸手不见五指，天上落下纷纷扬扬的雪花，家家户户闹元宵的灯笼出不了门，只有在各自的门洞里摇曳，街巷里依旧清冷和漆黑。我举起新做的颤悠悠的灯笼，由父亲点燃，小心翼翼走到街上。火苗袅袅而燃，浑浑厚厚，发出暗红色的光，浓黑的夜空，立刻因为有了光的介入，而变得绚丽和静谧；人影绰绰，树影绰绰，夜因此而活跃起来。

风一阵紧似一阵，灯芯上的火苗儿忽明忽暗，跳动着发出轻微的呼啸声。然而由于它的浑厚和旺盛，与黑夜抗争着一直没有熄灭。雪花亦落在火苗儿上，但它却是浇不灭的，雪被火焰所消融，发出呲呲声响。我满怀乐意从街的这边走向另一头，每经过一处，便能听到惊喜的喊声从门洞里传出：“灯笼！灯笼！”黑夜中无数双惊奇的眼睛注视着我，我便陶醉在了喜悦里……

儿时的心情是纯洁和坚韧的，这盏青萝卜头做成的灯笼，还有秋天放飞的风筝，是我还不具有能力时制作出来的。数年之后我方醒悟，这皆心力使然。成年后，我也未敢忘怀这盏灯笼。我思忖：所得，乃心所系力所达，心、力合成之时，便是天遂人愿之日。而这一切，无不是启蒙于父亲。

5

我被父亲从暖烘烘的被窝里拽出的时候，明亮的北斗星还正处在中天的位置，依此推测，正该子时，夜将深未深。

我们父子俩出了村东拐向正南，可以在微弱的星光下看见路面铺着层隐约的白霜。时序隆冬，呵出的气在眼前立刻幻化成一朵朵的白雾，迅速散去。北风阵阵，打着旋儿扑向脸面，像一把把细砂击打过来，疼如针刺。

夜静极，除却风声；四野茫茫，偶尔可以听到一二声栖息在柿子树上的猫头鹰尖利的嘶叫，即刻便有一股阴森之气笼罩过来。这时，我会下意识地伸出打颤的手揪紧父亲棉袄的衣角儿。再看父亲他却从容自若，手里握根拳头粗五六尺长的榆木棍，脚步镇定。路边又"唰"的声响，我转身就向他的背后躲，父亲则抓住我的手用力朝前一耸，使我踉跄了几步。看得出父亲对我这个已经十二的儿子竟如此的胆怯是非常之不满意的。原来，是只从草丛中窜出的受惊的野兔。我想问父亲我们这是去干什么？夜半更深、寒风侵肌的，见他显出不悦，忙收了嘴。

"讲段故事你听。"父亲牵住我的手说。

"那是一九四五年的八月间，我在陕西大荔一个小钢炮团当兵。一天深夜，正睡得香，团长突然把我们整排的人吼醒，手里扬着插有三根鸡毛的信，说有紧急命令，必须派人赶天亮前送到驻防在三十里外的三营。

"人人呆立床前，相对瞪眼，不听谁吭声。因为前去三营，非要穿过一段百亩大的坟地。坟地不仅坟头密密麻麻，古柏顶天，阴

森瘆人，更有打家劫舍的强盗，大白天三五成伙，藏在乱草丛中，连镖局的人都不愿走。我说我去，团长别提多高兴，立刻令人牵过匹马。那时我年轻人正盛气，心想连长官交代的事都做不来，算啥子男子汉？而那匹高头大马，鞍都没配。到了坟地边，我用鞭狠抽马屁股。那家伙长嚎一声，四蹄长风，箭样朝前狂蹿。我贴紧马背，双手抓死马鬃，闭上眼，一口气也就奔过了坟场。你猜那是封啥信？是命令三营马上出发去接受日本鬼子缴械投降的。”

父亲像忘了在走夜路，话声大又快，兴奋得牵我的手渗出一层汗。

“咱去哪儿？”我瞅准他的好兴致。

“去安乐寨你娥奶家。”娥奶其实四十岁出头，属街坊，按辈分我该叫她奶奶。

我想再问，父亲突然说：“还怕不怕？”我不愿点头也不敢摇头，忙晃了晃。

“斜插过去吧？”我试探着问父亲。路两边的麦田平坦如砥，苗一指多高，尚不怕踩，可抄近路。

“不成，这地势咱不清楚，掉到土井里还不憋死？”过去浇地，全凭人力打土井、摇辘轳，一块地好几眼。后来用上马达、水泵，土井废弃，但有不少并没填平，就发生过陷井亡人的事。

“那……”我欲张口，父亲又是一拽，他知道我想说什么。

安乐寨，古称安平寨，是三国军事家、后被追谥为晋宣帝的司马懿的故地。司马氏生前就将自己祖辈生活的这个村用高高的城墙围起。平地起土筑墙，土远远不够，就到村外的良田上挖，竟挖出三四丈宽，丈余深，长两里多的大沟。目下，我和父亲正走着的这条路就要伸进沟里去了。

这沟名曰阎王沟。

阎王沟深邃阴暗，远离村落，长满杂草。沟沿两旁也堆着零落的坟头，沟底常可见用破布包着的病亡的弃婴。尤令人恐惧的是沟壁甚可看到整具平躺着的人的骷髅，被红土挤压着，露出半个侧面，骨白森森。沟平时虽是必走之路，然而因了它的阴森，来往行人大多直接拐进田地里去，避绕而过。我们小学生亦只有勤工俭学，到黄河滩打草，拉挂平板车不得已才从中穿过。大白天，几十个同学，进得沟只把眼睛盯紧路面，不敢斜视；大家或齐声吼歌，仰头望天，以此壮胆。

来到沟边，父亲蹲下身，双手后伸，将木棍打横，让我爬上他的背，屁股正坐在棍子上……

“她二婶？您那小五高烧，人都蔫了，您婆叫您快回去！”一阵敲门，我们终于喊醒娥奶。

这时我方明白，娥奶不足三岁的儿子发高烧，她丈夫在陕西铜川煤矿做工，家中只有七十多岁的婆婆。孙子得病，老太太心急，央求了我父亲赶夜路速速唤回下午才来至娘家的媳妇。娥奶连生两个女儿，第三胎怀的儿子，宝贝得很。

我们三人重进阎王沟，这回我不再去爬父亲的背。因为，刚才我紧贴他后背的右耳，听得清他有力的心跳节奏分明，气也不喘，步脚沉稳。

这件事，我日后写成作文。其中，有这么一句：“爱能够驱走恐惧；心怀爱意，人生因此而幸福、安好。”作文被学校收进油印的小册子。有一日，我翻纸箱欲找件物什，不想就翻出这本早被遗忘了数十年的小册子。再看这篇作文、日期，恰是城里人时下最为热衷的种种洋节之一的平安夜。而这天亦是父亲去世八年的忌日。睹物生情，在这样吉祥温馨的夜晚，我却别有一番滋味在心头。

6

该是二十世纪六十年代中期的事儿。那时，乡下的文娱活动，例如排演戏文、看电影、听大鼓书，抑或舞狮、耍杂技、跑旱船、踩高跷等等，季节性颇强，或秋后农闲，或借助过年的当儿，当时，难得有眼福。父母是适才从古城西安迁返于故乡的，在城中过惯了或还有滋味的生活，一时尚难适应这乡间日出而作日落而息的单调。一日，父亲忽然对母亲说，买不起高级收音机，咱就自装一台吧，便宜得很，有个十块八块就够了。

母亲当然是应允的，然而，即是这十块八块钱也不是那么容易寻来的。父亲思忖了几日就又说，不行就先把那半亩生地挖出来卖掉。生地即地黄，同怀山、牛膝、菊花一样，属故乡四大特产，系名贵之中药材。

植物均有其节令，生地本来在秋末冬初方才出土，提前半个月是否成熟，连对门的保之爷心里也没底，他是种地的老把式了。假若挖出后全是些根须，是卖不得好价钱的。当然，因为先天不足，其药效亦会大打折扣。

秋阳昊昊，天湛蓝且辽远，几朵白净的云静静悬垂，衬出这个季节天穹特有的高阔与朗丽。父亲先点燃了一挂千响鞭炮，噼噼啪啪的声音即刻在空旷的原野上炸响，脆亮脆亮，一炷蓝色的烟雾缭绕地升腾、飘散。这是一种古朴的祈祷收获的仪式，或可说是故乡一道特有的文化景象。

不敢说是父亲的这串鞭炮炸出了令人颇感意外的好收成，但见那橘黄色的生地，节节粗壮，光滑溜溜，在皞白的艳阳之下闲烁着金色的光泽。地黄卖了个好价钱，父亲高兴，第二天便从县城买来线圈、二三极管、喇叭、电池和几十米长的细铁丝。父亲此前一直在城市生活，大概是懂些无线电知识的，他一边请工匠做木匣子，一边就自个动手组装收音机。

天却下雨了。父亲早早起床寻来电烙铁、螺丝刀、尖嘴钳之类，在饭桌上铺张白纸，摆开摊子。我们姊妹好奇地围在桌旁，痴痴地看着他操作。看来，这是个极简单的装置，前后也不过十几个电器元件。中午时分，父亲把从喇叭上引出的那根线同电源线相触，果然，喇叭里就传出吱啦吱啦的声音。

“行啦，装进匣子，接上天、地线就能听广播了！”父亲自信又满怀喜悦。我们姊妹几个也手舞足蹈跟着他喊叫，屋子里充满了欢乐。

木匣子也已做妥，但却是本木颜色，白喳喳的扎眼。父亲就又说这样不行，得漆成红色，醒目、庄重，有喜庆气氛。他左一遍右一遍地刷漆，直到那个木匣子晶亮反光，方将已装好的机芯、喇叭固定到里面。

秋日天短，雨天云厚且黑，干完这些活，暮色已浓浓地笼罩了院落。雨越下越大，夹着秋风，竟冷飕飕的。

“我要去架天线了。”埋完地线，父亲取过那盘细铁丝，来到大街门外那棵大榆树下。

这是最后一道工序。因为故乡偏远，收音机又是自装的，接收信号必须架设天线。所谓天线，也就是把近五十米长的铁丝，从一棵树拉到另一棵树上，选择粗壮枝桠加以固定，再续出引线接到收音机的线圈上即可。

“天见黑了，下恁大的雨，树上又滑，还是赶明儿吧？”母亲不放心。我们几个虽听广播之心也急切，但天气实在太坏，况且摸着黑一口气要爬上爬下两棵树，也希望父亲能改在明天。

“天还没全黑，赶紧点，来得及。”父亲将铁丝缠在腰间，像拖了长长的尾巴，艰难地朝三丈多高的树顶上爬去。半个小时后，天线的一端已被他牢牢地固定在树枝上。

天完全黑暗，风也似乎更紧，可以看到一股股的浊雨顺着树干流淌下来。父亲返回院里，欲将天线的另一端架到邻家的一棵大椿树上，母亲却紧紧拉住那根铁丝，说什么也不再让他去冒险。

“你这是干什么？明儿国庆，说定不北京会有什么大新闻！你去把手电筒拿来，给我照着。”母亲深知父亲的脾性，在城里生活久了，惦念国家的事比照顾家要上心得多，他这么长时间没看报没听收音机已够为难的了。

一道明亮的光柱划破夜空，可以看到雨丝穿过光柱时的闪烁。父亲仍把铁丝系于腰际，手持两根环形绳索，一根套着树干，脚踩上去，待将另一根举过头顶，亦套牢于树干，引身向上，如此一节一节借助于绳索向树顶攀爬。

待一切收拾停当，夜已深，开启，调试，遗憾的是仅能听到电台停播之后的电波信号，但这说明收音机完全进入工作状态，组装成功。

整个晚上，父亲辗转反侧，天不亮就在床头拧开了收音机。我也竖尖了耳朵，却还是那节奏分明的滴滴答答的电波信号声。父亲正要搭手关机，倏忽，就像黑夜中眼前猛然亮起一道闪电，收音机里传出一男一女播音员那清晰、标准、饱含激情的呼号：“中央人民广播电台、中央人民广播电台。”片刻宁静之后，高亢、庄严、浑雄的《东方红》乐曲由低而高，由远而近，仿佛从遥远的天宇撞开黎明前的夜色，穿越寂静响彻耳畔……

父亲的花鸟草木闲事

从性格上说，父亲爽朗仗义，恃情傲物，不属细腻内敛的那种，却偏偏喜欢养花弄草种树，虽说不上痴迷，但算得上投入。

1

走进阔别三年的院落，竟不相信这就是三年前那破乱不堪的家。葡萄藤青青翠翠，款然盘在老屋椽头，几株丹桂树冠蓊郁，盖严了院墙。还有我尚叫不出名的红花绿草，散长在院子的角落。寻常的农家小院，花团锦簇，馨香四溢，俨然是座绿意充盈的花圃了。

院子并不大，典型的北方四合院，东西厢房不知何时被祖上人拆去了三分之一，就显得空旷了些。不过，我记事那年，父亲在靠东院墙的地方搭起间草棚，夏天的麦秸，秋季的玉米秆全堆在里面；而院西墙脚早就码着残砖烂瓦，清静宽敞的院落柴草满地，雪雨天难找一块插足之处……

我痴痴地站在门边，虽说这三年就住在被人称作“花城”的广州，却在营区也是没有看到过这么多花的。草棚和砖垛已被移走，两座梯形花坛相对而立。东面花坛自下而上，紫罗兰、红牡丹、白月季，逐层有别，堆翠如云；西面花坛自下而上，青藤攀援，文竹挺秀，栀子吐香，层叠叠，似锦若缎。且院落上空，葵花杆扎成的花架横跨东西，柔软弯曲的藤蔓越杆而上，盘旋交织；或丝瓜垂吊，或葫芦空悬，或葡萄倒挂；间夹以牵牛点缀，遮云闭月，争奇斗艳。

我正看得发呆，父亲从堂屋里走出，他左手提淋壶，右手握长把铁剪，裤管高挽，地道花农装束。

“敏儿回来了，咋不进屋，愣那干啥？”父亲惊喜交加，丢下淋壶和剪刀，就去拎地上我的行李。

“爸，我进门不敢认家了。”

“何止咱家，村里户户满院绿呢！”母亲在层里接过话茬，亦喜不自禁。

父亲原本不谙花事，记得他曾在堂屋前栽过一棵夹竹桃，花树长成，芳菲如馨。谁料，就有人说它会释放出致癌气息，父亲犹豫再三，夹竹桃还是被他砍去。之后，他再也不曾摆弄花草。这几年不知何来的兴致，花竟种得多有模样，而且挺有经验的样子。

“你爸种花上瘾了，三里五庄不少人找他帮忙。”母亲素爱清静，竟也倾心父亲的花事。

“养花怡情嘛，年轻人有正事干，就不会像过去那样，闲来无聊不赌就偷，害人着哪！”原来，父亲养花并非仅仅为了消遣。

母亲说，这三年父亲活格格变了个人，以往农闲无事，他像个大孩子王，虽不会打牌下棋，却总爱钻年轻人的牌堆棋堆麻将堆穷找乐。有一天，一帮年轻人赌博赌出恶气，打伤了人，父亲幸好没有在场，却受惊不小。揣摸过一番，心想，何不采集些花草来种？一是美化了庭院，二来乡下人现在走亲访友也赶城里人送花的时髦，买花卖花，经济上活络，就收住了年轻人的心。父亲的办法挺灵，自个先成了花王，现学现卖，以我们家院子为小基地，向青年人传授花经，两年功夫大见效，不少年轻人学有专长，规矩多了。

母亲还说，父亲种花种得极精心，草木灰，鸡骨鱼刺，被他磨成粉留作肥料；早上醒来头桩事是去挑井里的新鲜水，涤净叶片上的浮尘；冬天将花盆一一搬进厢房，春来时再搬出放上花架……

从母亲的话里，我知道父亲栽种的花草已传播了好几茬，在我们这不大的村庄，几乎家家养的花是从父亲这里移去的。我真有些感奋不已了，此时，正是花木葱茏的夏日，浓浓的绿意充满了院落，花朵蓬蓬勃勃烂漫枝头，我就收不住自己的思绪：父亲是将大自然的精灵搬进了院落里来，又复播撒到人们枯萎的心间去，在那里种出一片绿色的希望。他做了一件大好事哩。

2

“堂屋前那棵苹果树这几年是越发的繁茂，花开得密果挂得多。”父亲在信中写到这些，我想他心里一定充满了自豪。因为在我和父亲幽深的记忆里，这棵苹果树曾经是株苦难树，回忆它的数度花开花落，犹如翻阅一页沉重的历史……

这株苹果树原先只是村西果园里极普通的一棵。七十年代初种下，几年过去，蓊蓊郁郁就要挂果，父亲喜上眉梢。他粗通果木园艺，就央了队长要做看园人。热心难却，队长当下应允，他就在园子里搭了茅草屋住进去，三顿饭全由我送。浇水、施肥、喷药，累得弯了腰。在父亲的辛勤操劳下，那株株果树看上去粗壮挺拔，父亲刻满皱纹的脸庞也舒展开来。

砍树的事来得极突然。那天在村里蹲点的工作组老冯去公社开会，回来后他找到队长说，苹果树要在三天内砍掉，上面对割资本主义尾巴抓得很紧，而且不准移栽。群众沉默下来，有几个年轻人嚷着要上告，但被父亲拦住了。父亲知道有些时候有理是无处诉的，冤也是无处申的，倒是父亲先动起了铁锨。在压抑沉寂的气氛里，众人挥动沉重的斧头，近百株苹果树被挖掉拉走，留下凄凄凉凉的一片树坑。

就剩下这长在草棚前的最后一棵了。也许是受父亲偏爱，多施了水肥，犹显粗壮。父亲把朝阳的那面树身涂上白灰，作好记号，才从四周环着根缓缓挖起。苹果树被连根挖出，父亲在西厢房山墙下挖了同样大小的树坑，准备着移栽过去。母亲急了："上头说不能移栽，你要犯王法呀？"

"犯哪家子王法？庄稼也别种好了！"阴对阴，阳对阳，树身涂白灰的那面朝着阳面植入坑内，它成为唯一的幸存者。队长和老冯几次来找父亲，都被他哄走了，他们只好睁只眼闭只眼。

树存活下来，但蔫蔫的枝不挺叶不绿，花不开果不挂，蜂不恋蝶不舞。母亲便又说："满树的叶黄萋萋的，正立在门前像撑了把破伞，尽是招惹晦气。"父亲却不信这些，每每收工回来，未进门先到树下仔细巡视，要不，就静立树下凝望着在微风中颤动的枯叶沉思。

谁也没有想到这棵苹果树竟会变得那么快，八十年代第一缕春风刚在原野上泛起，别的树木尚在复苏，它抽枝发芽率先吐出新绿来。父亲直称奇，母亲坐立不安了："这是啥兆头？还是快点砍了

它吧！”父亲当然不会同意。然而，这时的父亲再也无暇顾及它了，他承包了村西那地栽上了苹果树，合同期为二十年。

我参军离开家乡后，父亲每信必谈这棵苹果树，说它花越开越密，果越挂越多。我想，苹果树并非在赶时间的趟，俗语说：“国运昌则万事兴。”它的开花结果是否在随世事之衰而衰，随世事之兴而兴呢？

3

在父亲那片不大的花园里，除却兰、菊、牡丹、玫瑰数十种之外，有株尤令人注目的幼柏。这株幼柏大拇指粗细，高约一根龙头杖，躯干挺直，皮暗红，嫩得指甲稍用劲地掐便渗出晶莹的汁来。幼柏之冠天然的锥状，针形叶苍绿，堆绿叠翠，整棵树的挺拔之感就从那枝叶间凸现出来。

幼柏栽在小巧的水缸里。当初父亲将它从田地里挖来时，原有的盆罐钵无一能装下它硕大的根，而父亲又执意不肯将它栽在地下，说那样搬动方便，且很是学究气地自言自语：“入了园即为花木，而非树；花栽于盆，树植于地。”我们都知道父亲的话无甚道理，念及人老性倔，初为花事，便不去与他争长论短。

然而，父亲将一株柏树种到庭院里来，却是引发了一场轩然大波的。乡间曾有“前不栽桑柏，后不种柳槐”之说。“桑”同“丧”，出门见桑（丧），唯恐不吉；柏旧时多栽于坟茔之地，俗谓坟头树，种之不祥。后不种柳则说法各异。一曰关联殡葬，葬人所用“哀杖”、“魂幡”皆柳木，与“前不栽桑”有异曲同工之理；另说是柳树无籽，若栽于屋后，或正暗喻缺子嗣后代之说？后不种槐，是因为古时有尊槐风俗。槐在古代象征吉祥、长寿和官职，种在屋后实乃不恭之举……

对于街坊邻居的议论，父亲并无过多顾忌，事实上他亦是无奈。我们家院地狭窄，屋后滴水檐之下便属另户人家，自祖上起即无后院之说。父亲养花伊始，仅一二盆平平淡淡的家常花，诸如鸡冠、芍药之类。后来越发地有兴趣，开始养名花，渐次达数十盆之多。而当他意识到须有一座自家小花园，方能展示其百花风采时，就只好在前院辟出一块地来，用水泥板搭了梯形的台阶，摆花上去。春牡丹夏茉莉，秋菊冬梅；青藤成障，蜂鸣蝶舞；赤橙黄绿，馨香四逸，满院生辉，邻里抑或过路乡党无不啧啧称奇。

“种花是以其活色生香娱人感官，以其兴谢枯荣撩人情思，全在一个赏字。置花以大庭广众，开门闭门皆目含花而来，再含花而去，何等赏心悦目！若将其深藏于院末屋后，岂不枉费了花之娇艳、妩媚？古人赏花于后庭实不可取！”父亲年少时曾念过几年私塾，尚记得陆机《文赋》中的“遵四时以叹逝，瞻万物而思纷；悲

父亲的花鸟草木闲事

落叶于劲秋，喜柔条于芳春”。所以，他颇能自嘲。

幼柏，是父亲平整土地在一处沟坎边上看到的。其时，晨曦微透，夜岚未尽，幼柏挂满露滴。深秋，枯枝残叶盈地，田畴萧森，而幼柏青翠依旧，且沐浴在微许晨光里，勃勃地充盈着生机，令荷锄而至的父亲一阵惊喜。他左右端详，口中喃喃：“幼柏为我生而长，我为幼柏生而来，天随心意呢！”因为平整的正是这道沟坎，幼柏若是落在他人手，作为炉中柴，命运就十分的可悲了。

尽管幼柏取自田畴绿野之中，非坟地亦非荒土僻壤，却仍是引来若多非议。言轻者，说庭院之中种柏终归破俗，难说吉利；愤然者，说父亲自觅污秽，在讨不吉。或是在做着抉择，父亲沉默了许多时日，寝食不安，终不为所动。之后，若再有人议论，他便郑重其事说：“凡入园者皆为花木，以花木之心观柏，思超然于物，柏则无所谓吉与不吉，不过一株观赏物罢了。”不知父亲所言又在自慰，还是真切地喜欢这株幼柏，它终是留在了父亲的小花园里。

幼柏见长，不过两年小水缸竟也盛不下它速长的根，枝叶似有枯迹。父亲让我将它拨出移栽于地，我想过不少办法，颇是费了番力气却仍无奈于它，只好不破不立，敲碎了小水缸方才奏效。幼柏一年一变，又过三年长成一株茁壮的小柏树了，而家中相安无事，街坊邻居自此再无闲话可说。我不得不钦佩父亲的胆识与精神：前不种桑柏，后不栽柳槐，这个俗破得好。

4

堂屋后那棵夹竹桃是十年前栽下的。

父亲生就的怪脾气，端端相中村南荒坟岗上那株夹竹桃。荒岗上坟茔成片，也是全村垃圾的去处。父亲把夹竹桃小心翼翼移栽在后院，母亲嚷着就要把它拔去扔掉：“脏物，那是脏物呢！”说是后院，只有滴水檐之下尚不足二尺宽的院地。

母亲知道这株夹竹桃的来历。夹竹桃喜温怕冷，北方极少见。那年年初村里李老汉去南方的铁矿上探望儿子，傍晚带着孙儿在家属区外闲溜达，路旁草丛里探出一棵幼小的桃树，走近端详却又不像，颇觉好奇，当下让孙子挖回家去，儿子说那是一种花，叫夹竹桃。李老汉寻思能将南方的花木带回北方种不是件挺有趣的事儿么？便用湿泥裹了夹竹桃的根，外面包上塑料布，千里迢迢拎回老家。进村就有快嘴人说夹竹桃专生荒蛮脏乱之地，且有污浊邪气，孕妇从花前经过，那花儿便会衰败。李老汉将信将疑，随手将那夹竹桃抛进荒坟岗里，口中念念有词：“脏处来，脏处去。”不想，那夹竹桃就就着荒坟成活下来了。

还是父亲说了算。他对母亲道：“赏花之妙全在乎于赏花之风骨、花之别趣。菊、兰、梅、荷、桂、昙，芍药、牡丹、水仙、杜鹃，大众花儿早赏俗了。脏中出净，恰恰显出它不同凡响的韵味。”

父亲极爱惜这株来之不易的夹竹桃，冬天到来时，他就用麻袋片将夹竹桃里外三层地包裹起来，梢头还用塑料帽套上。第二年开春夹竹桃便疯了似的长，三年头上出落得俨然树一般，枝叶探着屋檐。

奇怪的是直到第三年五月，夹竹桃的枝椏上依然不见花苞显露。母亲叹息费三年苦心种棵哑巴花，早挖了当柴烧还好，父亲不紧不慢地说：“百花各有各的品性，夹竹桃有自个的开法哩。”

也就是那年初夏的一夜雷声，夹竹桃尽是绿意的枝头，竟被震出串串透红的花蕾。只几天工夫，枝枝椏椏便挂满盈盈的花骨朵儿。

夹竹桃花期虽来得晚，却花瓣硕大，花色远比桃花淡泊，粉粉的，浅浅的，微风吹拂，树摇枝晃，宛若一树粉蝶儿飞舞。村里有几个孕妇曾来观花，花儿并不见衰败，母亲喜不自禁，逢人便说：“哪来的邪，满树的仙气呢！”村东的李老汉却是后悔不已。

美的东西得以承认，尚需经过曲折和漫长的时光呢，我也不由地感叹。

麻雀、黄莺开始在夹竹桃上啼鸣、跳跃，那音韵，那节奏，那身影，那风姿，令人赏心悦目。父亲知道这些全是因夹竹桃的花儿和满树枝叶青翠葱茏的缘故，晨曦辉映里，他便吱呀推门独自站立树下，静静观望那翩飞枝头的鸟儿们，倾心谛听鸟儿清越的啼唱，苍老的脸庞露出款款的惬意。

此后，父亲越发珍爱这株夹竹桃，每逢落霜或者下雪，他起床后的第一件事便是用精瘦的双手抱住夹竹桃摇晃，他担心它会被寒霜冷雪冻枯。但夹竹桃毕竟是长大了，能够抵御寒冷的侵袭了，未等父亲摇落，它便用自身的热力将它们干净利落地给融化了。

然而，一年开春不久，正当夹竹桃冬眠复苏的时候，我却发现父亲一连几天失神地站在夹竹桃下，用颤抖的手一遍又一遍地抚摸光滑的树身，满脸沮丧。那天夜里，听母亲说，父亲躺在床上翻来覆去不曾合眼。第二天我打开门，那棵蓬勃茁壮的夹竹桃已不见踪影，被父亲连根挖掉又拖到荒坟岗里。

后来，我在父亲床头看到一份报纸，那上面说夹竹桃的茎和叶有毒，发出的气味会使人致癌。我也木然了，是真是假，谁知道呢！但父亲说报上登了，那是科学，不是乡间传说，不可不信。

5

久居南国，见惯了绿色，渐渐地以植物的颜色判断季节的感觉便迟钝了。这样，我就特别注意季节转换时其它的自然现象，其中，最令我振奋和欣喜不已的就是谛听第一声春雷的到来。因为，对于故乡院中那棵香椿树的认知，正是在一个春雷隆隆的早上。雷声带给我不少欢乐和辛酸的回忆。

香椿树长在堂屋东北角，高三丈许，一搂粗细，树身略显斜仄。起先，我并不觉得它有何特别，每年春初，一阵风一场雨，当故乡广袤的原野上万物复苏，鸟鸣声也清亮起来时，这株香椿的枝头就悄然绽出似有似无的隐绿。越冬的燕子常绕着光秃的树冠盘旋，由此及彼，对燕子的关注使我不知不觉注意上了香椿树的变化。

大概香椿树喜欢和煦的光照，萌芽时枝头椿芽一天一变，到清明前后，梗肥叶嫩，空气中四处飘逸着它特有的芳香。我对此种气味有天生的喜好，一有闲空便要走到树下贪婪地呼吸。一日，父亲递给我一把镰刀，像是很高兴地说：

“要‘吃春’了，你上树砍些香椿下来，梗叶都要。”

吃春？我时年五岁多点，还难以明白父亲这话的意思，只是像只小猴，蹭蹭爬上树，三下五除二砍下一大堆。

回到屋里，父亲让我把香椿洗净，然后他抓过一把先烫了遍开水，再切成均匀的节状，同鸡蛋混炒。不足一支烟功夫，一盘色味形俱佳鸡蛋黄包裹着翠绿的香椿的佳肴端上饭桌，白黄绿三色相间，十分诱人。自“大跃进”之后，天灾频频，所以，乡亲们寄希望于香椿树，一年一度食用时都会颇为幸福地说要“吃春”了。

不过，香椿炒蛋一年也只能吃一两次。因为香椿树季节性强，唯在清明前后采折为最佳时机，梗叶肥硕，鲜嫩异常，特有的香味很是纯正。从“吃春”这样耐听的名字上，足见乡民们对于春天来临后大自然的第一个馈赠是赋予了多么美好的向往。而待到谷雨，香椿梗叶皆老，梗肉夹丝，叶涩且疲软，吃起来就味同嚼蜡了。短暂的食用期，留给人们良多的念想与期待，齿颊间尚遗存着残香，就又在期盼它新芽的萌发了。

第二年开春，我早早备好了镰刀、箩筐、绳索，欲更多地采折些新鲜的香椿。父亲曾说，来年再折香椿，要给街坊邻居们送些，让大伙都尝上鲜。香椿树亦颇解人意，离清明尚有段时间，枝枝条条绽出淡淡的嫩绿，继而叶梗趋于粗壮，叶面上像涂了层油，浑厚且绿得发乌。那几天，我一直在幻想，希望父亲能早些打发我动手，再痛痛快快地美餐一顿。不想，这天傍晚父亲突然叮嘱我把所有的香椿一枝不留砍折下来。

父亲脸紧绷着，略显苍疏的眉毛也纠到了一块，说话声也不似先前洪亮。我对父亲的决定大惑不解，因为要保持香椿的新鲜，采折多在清晨。经过一夜的露水滋润，香椿的梗叶直愣愣的，挂着晶亮欲滴的水珠，鲜活得绿蜡做就的一般。到傍晚时分，暖暖的春阳照射整整一天，叶子被晒蔫了，尽管翠绿似玉，但总不如晨间的亮泽挺括。而看父亲的脸相我又不敢多问，这时多嘴常常会受到他无端的训斥。

父亲在树下接着，足足吊下五箩筐。每接到一筐他就急忙跑进屋将香椿摊开在芦苇席上，小心翼翼地洒上些水。

“爸……”溜下树，我还是按捺不住。

“今年，香椿咱们就不吃了。家中这日子你该看得到，饭吃不饱，春后开学你哥姐的学费拖到现在没交，哪里弄钱？明天咱俩早些起，赶趟集把它卖了换个三块五块……”父亲不再往下说，趁着昏暗的灯光，摸摸索索去收拾赶集要用到的背篓之类家什。

夜，寂静下来，熏风微起，透过窗棂吹进房间里来，香椿所发出的轻淡的幽香扑面而来。我躺在床上，左翻右滚难以入眠，但并非因为吃不上香椿炒鸡蛋而沮丧。屋里屋外漆黑，温馨的春夜包裹着我，我眼前看到的却是一片光明，心中分外的亮堂。这皆因了生活的磨砺促使我学会了思索，还有情感的萌生。这种人生的嬗变致使若干年后，我每次想起这个夜晚就不免要感叹；生活中的幸福抑或艰辛，一旦成为感情的源泉，滋润和过滤生命，由此便包容了生命的全部意义。

天未放亮，我和父亲担着香椿启程上路。又过一年，全国性的运动风起云涌，守着香椿的我更是无缘品尝。运动冲击一切，土地荒芜了不少，粮食歉收。每当采折香椿的季节来临，通往集镇的乡村阡陌上，总会有一老一少两个身影，背负着沉重踽踽前行……

“文革”结束前一年，中原大旱，响过几次震耳欲聋的春雷，但滴雨未落，香椿树遭雷击枯萎而死。

6

那只灰鸽子是自个飞到院落里来的。

我的童年是从鸽子飞来那天开始的。

直到今天我仍疑惑不解；那只灰色的鸽子怎么就会自己飞到我们家里来呢?

依稀记得那是三伏天的午后，一声炸雷击碎闷热的天，铜钱儿大的雨滴砸在地上，天顿时凉爽下来。那时我刚读小学一年级，许是中了暑的缘故，不思茶饭，无力，请了假如泥一堆软软地躺在床上，正透过窗棂看风起雨落，就有一只灰色的鸽子快速地扑打了几下翅膀，稳稳地落在屋外的泡桐树上。它伸长脖子“咕咕”地叫，声音低沉而有节奏，全是喉音，拉得也长。我打开窗户，就在床上学着它的叫声呼唤它，不想，它竟越过窗棂飞进屋里来了，它是只地道的家鸽呢!

记不清灰鸽是怎样留下来的，只记得母亲挺乐意接受这只“天外来客”。故乡有猫奔富舍，狗守穷户，家有鸽、燕满门鸿之说。说也奇怪，没过几日，我的无名之疾不医而愈。母亲将此归绩于鸽子，越发地喜爱它。且为它起了婉约响亮的名字“媚媚”。

“媚媚”这只小雌鸽果然惹人爱，模样小巧玲珑，色虽灰却灰得油亮。绿豆大的眼珠儿活泼地转，灵慧而熠熠生辉；眼圈鲜红似绒，醒目；叫声浑圆悠长；步态轻盈，圆圆的头不住地前伸后缩，憨态可掬。

然而，父亲却不十分喜欢这只活泼的小生灵，嫌它吵。起初，我们并没为它筑巢，它就在堂屋的某个角落里过夜。夜静人深。或是受了老鼠的惊吓，突然几声恐惧的鸣叫，把父亲从甜睡中惊醒。尤使父亲讨厌的是它的脏，它不停地在屋里飞上飞下，常有几根羽毛冉冉而落。屋梁上的灰尘也被它扑打下来，角落里还不时有粪便的异味逸出。

“别的家鸽纯白像雪，灰鸽子不耐看；这家成了大鸽巢了，还是赶走了它清静。”父亲终于找到借口，执意要赶媚媚走。而这样的事多是母亲说了算。

“人家说鸽子象征平和，有这鸽子在，咱们便就要少吵嘴少怄气的呀！”母亲不知何来的幽默，话说的挺有文化人的味道。

父亲被母亲逗乐了：“听说养鸽子的人最终会远走高飞，莫非咱敏儿……”敏，是我的乳名。

父亲不再阻止我们养鸽子，但他强调，要专门为鸽子做个居住的木笼。

鸽笼钉在堂屋外走廊椽檐下，一尺见方，不晒阳光亦不淋雨，是个理想之所，可是媚媚刚住进一晚，第二天便不知去向，五六天过去也杳无痕迹。

母亲很是失望，悻悻地说，看来到底是不通灵性的禽类，即使回来也要赶它走！父亲有些儿幸灾乐祸，每抽完一袋烟，总要把烟袋锅儿嗑得当当响。母亲不住地拿眼斜他，锐锐的目光令人生怯。

“咕——咕——”欢快。

“咕——咕——”粗气。

第八天清晨，天微亮，媚媚的叫声突然从泡桐树上传进屋里。母亲打开门，媚媚头高昂，叫声欢悦，傲立枝头。且身旁另有只灰色鸽子也在咕咕地叫。这只鸽儿体格格外大，嘴略钩，掌鲜红，一看便知是媚媚爱情的“俘虏”。

母亲不再耿耿于怀。她笃信飞来家里的鸽子愈多，幸运之神就会愈多地降临。她叫那只钩嘴儿的鸽子男男，我每天喂鸽总少不了嘱咐要多把米。头二三年，鸽子便由二生四，由四生八，屋檐下的鸽笼也一增再增。鸽群渐渐壮大，每天成群地起飞降落，太阳照在它们薄薄的翼羽上，一片金泽。父亲为男男装上鸽哨，于是，金属质的哨音经常从半空里落下来，不绝于耳，为古朴宁静的村庄平添了几许音律与热烈。村里人也都喜欢起鸽子来，家家饲养。而雏鸽也多从我们家捉去。

童年的时光在鸽哨的鸣响中流逝。我应了父亲那句话，七十年代末参军到陕西华山脚下，五十余只飞起宛如一片灰云的鸽子便由父亲饲养，半年之后，父亲来信说所有的鸽子均不知飞向了何处，有三个多月没有回家了，看来，它们是再也不会回来了！父亲的信充满伤感。

鸽子们会飞到哪里去呢？那些日子我天天在想。一天，我突然看到营区上空飞翔着一群矫健的灰色鸽子。它们忽高忽低，或俯冲或爬升或盘旋，明亮的哨音响彻不息，很是耳熟。可是媚媚、男男及它们庞大的家庭么？我的目光追寻着鸽群，思绪被扯回魂牵梦绕的故乡……

我那温暖而残酷的冬天

想着，天就起了凛冽的北风，寒流亦随其而至。故乡在黄河北岸豫北平原的边上，冬天说到就到。我的心被寒风揪得越发的紧，就生出天然的抗拒和恐惧。父亲正是在这样的时节去世的，二十二年前，自那时起我就开始惧怕冬天。然而，冬天却也是我倍感父爱浓烈的时候，我和父亲似乎都同这个季节发生着某种联系。

就从小说起吧。我出生在上世纪六十年代初，八岁上小学，三年级时开始有早读，四年级上晚自习。学校在村东而我家却在村西，每到冬天起大早从村西到村东，披着身寒气，教室更无暖气、火炉之类，手脚麻木，是根本无法坐下读书的，没多久便被冻得发高烧，几近昏迷。昏睡中依稀听到敲打铁桶的声音，很响，喃喃地问母亲，母亲说那是你爸在为你做火炉，上学用。用铁桶做火炉?我自言自语，想象着它该是什么样子。

再上学时，父亲果然提只小铁桶过来，里面盛着的谷糠正燃烧着。那铁桶底部和四周被父亲抹上层黄泥，上面加了铁盖，盖上开有气孔。早上，父亲向桶内投进几节玉米芯，先点着它，待火势渐旺，倒进大半桶谷糠，盖上铁盖。谷糠只着暗火所以它不会产生烟雾，而且燃烧持久。提到学校揭开桶盖，谷糠正好燃旺，放在腿脚旁，寒冷立刻被驱赶了去，手也可随时烤上会儿。下了课，其他同学都会围拢过来，烤手、取乐，仿佛整个教室都变得温暖起来。

没过多久，班上几乎每位同学都提上了这土造的手炉。

然而，我还必须再忍受饥饿的折磨。冬天天黑得早，吃完玉米糊糊熬成的晚饭，也就六点半多，上完自习回来几近十点，饥肠辘辘，难入睡。第二天早起早读，浑身乏力，有时连那小铁桶拎着都吃力。母亲曾数落过父亲几回，催他想法使我不用忍饥挨饿。可是家中无粮，即使父亲再有本事却也难为无米之炊。有天晚自习后回家，走进院子便有阵清香扑鼻而来。走入屋里，母亲端碗清水煮白菜，说："你爸专为你煮的，驱驱寒垫垫肚，好睡觉。"我一时语塞，几近哽咽，就端着碗赶紧走进里屋，喝着喝着眼泪就滴到了碗里。

这个夜晚我睡得好不舒坦。

第二天早起我正要出门，父亲又揣着根熟红薯回来，递给我说：“先吃了它，再上学不迟。”原来，我们生产队的粉条房开张，父亲要起得更早赶在天亮前烧开一大锅水。他带根生红薯过去，放在炉灶里烤，水开了它也熟了，既香又热乎。

小学后几年的冬天都是这样过的，直到七十年代中期至邻村去读初中，家境渐好。

每到冬天，地里的庄稼活几近停竭，而整个乡村却并不寂寞，反而热闹起来，榨香油、磨豆腐、下粉条相继开场；修渠、栽树、打猎，一桩接一桩；听“说书”、排社戏、练高跷，民间娱乐热火朝天。我和父亲最爱听“说书”，这是乡间颇为古老的一种文化流传方式，在我的散文《冬天里的故乡》曾有如下记述：

> 而到了夜晚，你看吧，只一盏灯、一张桌、一面鼓，或一块紫檀惊堂木，那“说书”人便摆开阵势，整个村庄的人几乎倾家而出，将他团团围在场子中央。他手舞足蹈，连说带唱，或情真意切，或悲天悯地，或怒而不言，将那“书”中的或人、或物、或事，生灵活现，款款道出，使得原本带着几分萧瑟且沉寂的村庄，在如此充满活力的曲调的冲击之下，鼓荡出古老的历史文化气息，生活韵味由此而平添。

我们那块地方人口稠密，村挨村，“说书”轮村来，一部

“书”即使在一座村也要说上好几晚，放了寒假，我和父亲就天天晚上去听。北风呼啸，天寒地冻，有时雪花飞舞，父亲架我于肩，裹挟在人群中，思绪或为故事情节所牵引，那份愉悦似乎消除了我们此刻对于寒冷和饥饿的感知。

我也是在冬天当的兵，体检、政审，合格后换军装，父亲送我到公社集中，准备坐汽车到太行山脚下的月山火车站转乘军列。那天早上天色极为阴沉，北风吹得电线发出呜呜呼啸声，雪花零落。路无行人，旷野一派寂静。父亲推车在前，我跟于后。父亲平时就少言寡语，困顿的生活再逼仄着，话更加少，所以我想这会儿他大概也不会说些什么，在耳边响着的唯脚踏薄雪的扑叽声和风的低沉的呼号。

公社大院已聚集不少新兵和家人，熙熙攘攘，有的叮嘱，有的塞钱、粮票，有的抻衣正冠，还有的既无言语只用手轻抹泪眼。父亲扎妥自行车，取下后架行李，看汽车大概不会那么快开，就递给我。接行李的那一刻，父亲看我的目光既凝重，却又充满强烈的期待。爸相信你!他出其不意地说，头也不回推起车走出公社大门。

我一时愣在那里。平时，父亲对我们众兄弟姊妹要求极严，每个人都没少挨他的打。在我们心里他是冷酷的，尽管我们从没记恨过他。不曾想，他其实埋在心底里的爱就像一块乌黑的碳，只要遇见引火便会炽热地燃烧。

我们温暖而残酷的冬天

父亲的这句话，成为激励我人生的箴言。

如今，我已是有着三十四年军龄的老兵了，而父亲直到他去世，唯一一次到部队探望我，是在我当兵第七年的冬天，正在桂林陆军学院读书。桂林风景甲天下，在校读书有寒暑假，就想让父母趁着我放假来游览。按理暑假来最合适，父亲却说夏收夏种正忙，脱不开身，要来得赶在寒假。

桂林冬天的冷并不亚于老家河南，我早早在学校招待所预订了客房，招待所里烧暖气。那时，我已第一次军校毕业，提了干，有工资可拿。岂料，父亲说你的同学都放假走了，恁大的宿舍空着，花钱住招待所干啥?母亲也在一旁帮腔。他俩执意不从，我就把宿舍里两张单人床拼到一起，铺上我的被褥。游览也是如此，阳朔风景甲桂林，乘船游漓江，阳朔是非去不可的。父亲的倔脾气又来了劲，他见船票贵，就说行了那些风景不看也罢，山山水水差不多，母亲自然亦附和着他。我想多劝几句，他干脆一口拒绝：出来时间不短了，该回家了!

千里迢迢，跋山涉水，两位老人却只游过半个桂林城，成为我一直以来的憾事，尤其在父亲去世之后。

父亲去世正值隆冬，或许冥冥之中命运早已做了安排，父子俩最后见面竟是在他去世前半个月。二十天前，我受命于总后首长，刚刚在北京写完报告文学续集《红十字星座》一书里其中一篇，返穗中途顺路到河南老家探视正挣扎在病痛里的父亲。许是太久没有看到我这当兵的儿子，那时，他精神尚好，偶尔还同前来看望的街坊邻居开开小玩笑。只是人奇瘦，话语不多，手足僵硬，食物常常送不到口里去。在父亲身旁陪伴了五天，到了该归队的日子，我把父亲从病榻上扶起，搀到有阳光的屋外走廊上，像过去每次回家那样，临行前必亲手为父亲理发刮脸。我在一篇散文里曾有所记述：

趁着冬日难得的阳光，天尚有一丝暖意，我把父亲扶到走廊坐在高脚凳上“晒”太阳。阳光似乎带着湿漉漉的霜气，彤红中含着几分金黄，投射在父亲苍老、瘦削、髭须皆白的脸上。他在阳光的抚慰下，眯细了眼，出神地盯着风中不停摇动着的树枝，脸上浮现出生命晚景苍凉中的凄美……我取来推剪、围裙，欲为他理个发。

果然，理完发的父亲竟添了几分精神。他安详地享受着太阳光，脸上挂着十分难得充满满足之感的微笑。这样的微笑也让我体味到了以往不曾有过的尽了为人之子孝道后那种特有的惬意。到了该走的时候，我实在不忍心，倒是父亲先催我快回去，说别耽误了队伍上的公事。他还执意拖着浮肿的双腿要送我到大门口。父亲拄拐扶墙，蹒蹒跚跚，其景其情令我目不忍睹，不禁潸然泪下，但我未加劝阻，我知道此刻是一种什么样

的精神和意志在支撑着他。

就自然而言，“三伏”与“三九”是年迈之人难以逾越的两道坎，尤病魔缠身之躯，父亲终是没能例外。接到令人惊骇的父亲辞世的加急电报，我悲苦的心就一直在颤栗，无数遍地祈祷，以期能像前几次那样，父亲在同病魔作顽强搏斗之后生机再现。理智告诉我这个噩耗是真切的，父亲的确是离我而去了，如同悠然远去的白云。他走得很平静。

“还是回去再送父亲一程吧。”处长说。他并叫人急忙帮我买回火车票。

将脸贴在冰冷的车窗，无思无绪，看山山不走，望水水不流。亦不再顾忌军人的身份，任凭清泪盈面。列车驶过武汉，从江南进入江北，视野更开阔了些，在悲苦中煎熬了一天一夜的心方略为平静。然而，任何的思绪都代替不了父亲的音容笑貌，仿佛嵌在眼窝里，定格成永恒。

车窗外飘起漫天飞雪，从铁路线到地平线，天际间被冰冷的纯白所占据。这迟到的雪，对于久旱无雨的庄稼人来说，寄托着他们丰收的希望。而对于我，它却无异于在砸开记忆的闸门，心被压得愈加沉重。

在村子里，父亲教子的严厉是有名的，他对“棍棒底下出孝子”深信不疑。我上小学五年级时，班里开展勤工俭学，到大队的窑场上搬砖。回家吃饭路过村南被人称作“桃花堤”的大队的桃园，那是阴历五月下旬，五月桃坠满枝头，满园飘香，令人口流涎。几十个同学从堤下走过，有调皮的按捺不住诱惑，竟伸手摘了桃子就跑，恰被看园人看到，误认为是我，告状到家里。我人未到家，父亲已备好绳索、棍棒，非把我打个皮绽肉裂不可。吓得母亲和邻居们赶紧把大队会计请来，再三解释，我方免遭皮肉之苦……

走出郑州车站落了大半夜的雪收拢了翅膀，如果再下个不停，飞雪封门，可怎么去为父亲安葬？汽车以中速行驶在铺满落雪的公路上，从东方天际射来的阳光虽不明丽却够光亮，映照雪地，眼被刺得生疼。我深深地缓了口气，天晴了，或许是父亲的德行感化了上苍？天，可是为他而晴？

三天两夜没有合眼，沐浴着冬日暖洋洋的日光，在汽车的颠簸中我昏昏欲睡。朦朦胧胧父亲怎么就会和我坐在一起了呢？他又在向我讲述他人生的故事……

父亲大概十七岁那年，爷爷因掩护乡亲突围而被日本鬼子用刺刀活活挑死，尚未成年的父亲便挑起家庭沉重的生活负担。祸不单行，他外出谋生，在洛阳被国民党军抓了壮丁。烽火岁月，他一直思恋着家乡，思恋着光明，毅然弃暗投明，起义投诚解放军。六十年代三年困难时期，他响应党的号召，为国分忧，放弃比较富裕的城市生活，携五口之家从西安回到故乡。自此，他再没有离开过终日劳作的土地，直至躺上病榻。

那口白茬棺木被两条长板凳架在堂屋正中，不敢相信十几天前还和我在一起的父亲，这时竟安息在里面。仅仅一木之隔，我却是再也看不到父亲那慈爱的目光，清瘦的脸庞，稀疏的苍发了。自古忠孝难两全，接到父亲病危电报时，我正加班修改在北京写的那篇报告文学，总后勤部的同志在电话里催稿，而我也只是晚了一天到家。按故乡风俗已封上了棺木，不可开启，竟无法看到父亲的遗容。我听姐说，父亲的遗容极为安详，但不知何故，封棺时他老人家的眼角突然涌出两滴泪珠。“爸在盼着能再见你一面啊!”姐泣不成声。军人与亲人的诀别总是这般痛苦、悲哀、无情？令我抱恨终生的一天啊!

默立于父亲灵前，无尽的泪代替了一切，从军数十载，在父亲面前的时间加起来不足半年。铁打的营盘流水的兵，尤其是我从北方调至南方，离家远，工作之余兼顾创作。知子莫若父，父亲一再来信叮嘱，不要常想家，不必惦念他和母亲。他像根顶梁大柱，支撑着家中的里里外外。去年，他的病已是很重，依然拖着带病的躯体，操劳在责任田里。麦子收割后，个别村民利欲熏心，借口粮食歉收，串连鼓惑抗公粮。一些人企图利用父亲仗义执言、豪爽坦荡的性格，找到父亲鼓动他带个头。父亲不等听完来人的话，就怒眉倒竖，斥责道：“我的三个儿子一个姑娘全在外面端国家饭碗（吃商品粮），我能昧着良心吗？别忘了，你们的子女也有长大的一天，国家的地不能白种！”来人灰溜溜地走了，一时被迷惑的村民们醒悟过来。这年，全村该交的公粮一两也没少。

事情是母亲告诉我的。父亲淳朴、憨厚、正直，我禁不住要感叹他的高风亮节。他不仅应为我们做子女的所仿效，且不是更能体现当代中国农民的一种高尚的人格么?

雪花飞飞扬扬地飘落下来，寒风呼啸，透过缝隙旋进灵棚，冥灯忽明忽暗，花圈的缎带在风中瑟瑟作响，如泣如诉。我们兄妹四个静静地守在父亲灵前，这是最后一次陪伴父亲过夜了，明天父亲的棺木将安葬在村南的公墓里。

灵棚顶上渐渐地飘落一层厚重的雪，偶尔会随风吹进灵棚里来，扑打在脸上，冰冷侵心。雪落夜犹静，无情的风雪总是勾引起我对父亲的怀念、回想，思绪又随着雪花飘回十几年前那个寒冷的冬季。

那时，我尚未参军。冬季的乡村虽是农闲日子，豆腐房、香油房、粉条房，各种小作坊纷纷开张，大街小巷终日飘逸着油香和豆腐花的甜香。村民们有围拥火炉剥花生讲古论今的，有打牌下棋的，也有肩扛长筒猎枪到雪地去寻觅野兔的。冬日的乡村并不寂寞。然而，这一切都与父亲无缘，他迎着风雪踏上漫漫的用煤炭为生产队换化肥的行程。

这是七十年代，乡下化肥奇缺，但要准备来年的春耕，没有化肥怎么成？有钱买不到，父亲从县化肥厂打听到可以用煤炭兑换。那时工业用煤紧张，运力又不足，无煤等于断粮，化肥厂几乎停产。父亲得此信息，携带巨款，坐上租来的汽车前往离家乡四百公里的鹤壁，那里出上好的烟煤。

那是个冬日的傍晚，托亲找友在大街小巷跑了一整天的父亲饥肠辘辘，正要上车返回旅店，一只手伸进他的上衣口袋。他本能地转身欲抓住这只手，行窃有素的小偷早已得手逃窜，身上仅有的六十元私家钱分文不剩。父亲拼命地呼喊，拼命地追赶，然而，并无人响应，五十多岁的人又怎能追赶得上？

没有饭钱，父亲只好动用带来的公款。煤运回来了，亦换回了化肥。尽管父亲当时向当地派出所报过案，且有证明在手，依然有部分社员说："这不能算数，就是没有被偷也可以说被偷，弄回派出所的这纸证明还不容易。不行，用的公款得补上。"话说得尖刻、无情，而父亲却并未争辩，他知道钱在农家人心目中的分量。我记得父亲先向邻居借来四十元，又把家中仅有的六十斤玉米卖掉。而这时玉米仅一毛六分钱一斤。第二年冬天，生产队长又派父亲去鹤壁，还是买煤换化肥。他去了，那里唯有他认识能够买出烟煤的朋友。

黎明时分，雪悄悄竭停，寥星钩月隐约显现，东方天际竟露出一抹冬日少有的曙色。莫非苍天一定让父亲最后一次沐浴在她温馨的辉泽里，用灿然的光和色送走一个朴质而平凡的灵魂？长夜难明，长夜难熬，今天的夜却为何这般短促？我尚未听到更鸡的长鸣，看到启明星的闪烁……

手捧着父亲的遗像，蹒蹒跚跚走在送葬队伍的前面，哭声和着哀婉的唢呐声，回荡在洁白无垠纤尘不染的旷野上。天是蓝的，风还在刮，太阳虽然灰朦，映照雪地光点莹莹。欲哭无泪、无声，用干涩的眼遥看父亲的归宿处，那耸立于高岗之上的墓地，也被洁白的雪所覆盖。我悲哀的心际轻絮般掠过一丝淡淡的欣慰：父亲要去的那个世界，如若也是这般洁净，他原本高尚且纯洁无瑕的灵魂亦该安息了。这是父亲的造化。我默默在心底感激上苍，在父亲告别生活了六十七个年头的世界的时候，有阳光、蓝天、飞霞、朔风、白雪和他同行，他走得这般温馨！

八月的怀念

八月，不敢忘却的八月。

一九四二年八月初，日本鬼子在豫北平原上残酷地烧、杀、抢。爷爷就死在月初的那个黎明前。

那天天尚未全亮，爷爷就挑一副水桶，佝偻着腰向街上的古井走去。爷爷自二十岁起给地主才福扛长工，十八个年头每天要早起挑满几大缸水。

鬼子是五更时分摸进村的，打更人还没来得及敲响手中的铜锣便被击倒。尖啸的枪声划破夜空，村子里顿时驴嘶狗吠，哭喊声震天撼地，人们发疯般涌向村外。

爷爷搁下水桶三步并作两步踅回才福家，抬脚踹开自己住的那间破屋，摸黑从床下拽出那支保养得锃亮的长枪。这是支土造火药

长枪，是才福用来看家护院的。

才福家乱成一团，大小老婆散发赤足，惊恐万状。才福瞪圆布满血丝的眼，故作镇静地扬着手里的水烟袋吼：“我是保长呢，有我在呢！你找死哪？快把枪给我放下！”看到爷爷提着枪跑出门，才福气急败坏。

爷爷全然没有去理会，他心里清楚鬼子五更天里偷袭，全村人跑是跑不赢的，万全之策是把鬼子引开。爷爷顾不上自己的家。那时，奶奶尚年轻，她和爷爷只有我父亲这么一个儿子（叔叔很小就送给了人家），家中一贫如洗，没什么可珍惜的东西。

爷爷疾步跑上街。这是条南北向的横街，与东西向的主街相交成“十”字。爷爷趴在井台上，井台距十字路口四十余丈。鬼子嗷嗷嚎叫，沿着朝西的街追赶着奔跑的人群。爷爷屏声敛气，瞄准挥刀的鬼子官扣动扳机。那鬼子官呀的一声惨叫，扑倒在地，蹬蹬腿便不再动弹。鬼子们先是一阵发怯，接着便嚎叫着朝爷爷这边扑来。

鬼子被吸引过来，爷爷悬着的心这才放下。他擦一把额头上的汗水，沉着地瞄准，跑在前面的鬼子又一个木桩似的栽倒。众鬼子卧倒。趁这个当儿，爷爷飞身跃起，贴紧墙根向村北疾跑。街口对面新垒一堵一人多高的土墙，越过墙便是一望无际的玉米地。爷爷本想翻墙而过，好在青纱帐里甩掉鬼子。爷爷将枪扔过墙去，后退几步，憋足劲向前冲，他的双手抓牢了墙沿，双腿在墙壁上不停地蹬动，还没来得及翻过墙去，一颗流弹正击中他的左腿。他的身体晃荡了几下，重重地跌落在墙根，殷红的血顺着裤管淌下。爷爷咬紧牙关，站起身一手扶墙，一手捂着伤口，踉踉跄跄顺着墙根向前移动脚步。鬼子围上来，他们不再开枪，端着枪刺狰狞地笑着逼向爷爷。当排排枪刺就要刺到爷爷身上时，他猛地转身张臂，身体呈“十”字形紧贴墙壁，怒目昂视……

爷爷是被用一张草席裹着入葬的，埋得极浅。墓穴挖到三尺深时，鬼子又来扫荡，只好匆匆掩埋。鬼子被爷爷成功引到村外，乡亲们得到机会，沿着潴龙河堤向南，逃过鬼子的夜袭。鬼子扑了空，恼羞成怒，狡滑地又杀了个回马枪，乡亲们只得再次出逃。

几十年过去，先前奶奶每年在爷爷的忌日去烧一卷卷黄纸，为坟头添一锨锨黄土。奶奶去世，且安葬在异地，以后只有爸爸妈妈继续去烧一卷卷黄纸……

在烈士的名册里找不到爷爷的名字。爷爷的同代人也渐渐作古，再也听不到有人述说他的英勇的故事了。但村中的那口老井还在，爷爷热血浸染过的那堵土墙还在，村外那片村民们用汗水浸润的热土还在，有什么能比这些东西更永久地见证着爷爷不屈的精神以及同爷爷一样反对侵略、维护民族尊严的众多抗日儿女的爱国气节？

悼念叔叔

叔，您抛下教鞭倒在讲台上的时候，我正远在千里之外的京城，心急如焚赶回家，您的灵柩已移到街上。棺外罩着红绸，看着它，知道您此刻正静静地躺在里面，而感情上的我却万万无法接受。欲哭无声，泪默然而下。生没能再见您的音容笑貌，死未能送您成敛入棺。逝者的您抱着无可奈何的遗憾，生者的我抱着无法偿还的内疚。您的遗憾随生命的终止而终止，我的内疚则随生命的延续而浓烈！然而，斯逝难再，而今，我唯有以文代哭排解去深切的悲痛，不安的心仿佛才会有所平静。

五年前的仲夏，您突然觉得伸展自如的四肢有轻微的麻木，才说要去医院检查，左腿便先已失去知觉，接着左手打颤，昔时疾步如飞的您，不得不由婶子扶着起居生活。卧病床头您就心烦，同天真烂漫的学生在一起习惯了，一朝失却这种活泼，您充满生机的心就真的苍老了。

而疾病并不最残酷，最残酷的是自尊的伤害。您这年五十五岁，退休手续正在办。何不快些送病历去县教育局，改为病退，能多拿不少钱呢，有人“关心”您。婶子怦然心动，钱多不咬手。您却凄然一笑：“铜臭！”神态轻蔑，不屑一顾。听说做静功可以疏通血脉，一向儒尔文雅的您，也竟让婶子扶着盘腿打坐，晚寝子时，昼起五更，到空冥世界去寻找禅意。

或许果真佛法显圣，或许应了心诚则灵那句古语，到了冬季您奇迹般的能站立了，尔后又可迈步缓行。您抑制不住兴奋，说有机会再登讲台了……

如血的太阳升起来，天色明丽。时值五月，盈街绿荫笼罩，槐花榆钱儿馨香四溢。叔，您静卧于充满绿意的芬芳里，可曾感觉到故乡馈赠予您最后的温馨？而这时，回响在绿意中的，却偏偏是撕人心肺的哀乐。气氛如此的不谐调，我总不相信您会在浓浓的春意里逝去。

记得我上小学时“文革”正肆虐全国，学校停课，父母就送我到您教书的学校。那是黄河岸边一座村落的中学，离家三十里，您每个月底才回家一次。在漠漠的黄河故道的风沙弥漫里，您辅导我功课，教我做人的道理，夜里就睡在您脚头。可是，您的处境当时是何等的艰难？因为旧社会家里穷，您过罢满月便被奶奶送给邻村一大户人家抚养，有人就说您是富农后代，教不出又红又专的学生。他们无中生有，检举您所谓不赞成搞过多的勤工俭学是修正主义教学，鼓动学生写您大字报，接二连三开批斗会。

“咱不教书了吧，安安生生种地总不会再有啥错。”婶是妇道人家，经不起无端的侮辱，苦苦哀求您。堂哥、堂姐、堂妹因此而遭牵连，均被开除学籍。

“他们正找不到茬逼我走呢，可以吗？学生们是无辜的，我走了课谁来上？”

说起来您也命运多舛，生下满月送的那家人，虽是断了烟火子嗣的大户人家，却恰恰家道衰落，于是宠爱幸运与您就此断缘。长至三岁，染疾白喉，并发心肌炎，煎了疯颠和尚的草药吃，算是捡回一条性命。五岁读私塾，闹饥荒三年，常常怀揣窝头就一根胡萝卜，权作当日口粮。凭亲朋资助，幸运考取公立师范，日本人被赶走却又起内战，毕业后竟无工可做。解放后政府安排了教师一职，然而出身不好，反右、四清、“文革”回回运动都得接受审查。所幸您是十足本分人，每次审查都能顺利过关。唯“文革”时鸡蛋里挑骨头，您受了不该受的皮肉苦。古人云，祸兮福所倚，您却终生祸兮祸所倚，近些年才说有了出头日，又重病附身。天地这般不公，善无善报，人世间是非曲直何处寻？

悼念叔叔

您留在了学校，但白天得站在毒烈的太阳下挨批斗，晚上就着微暗的油灯彻夜备课。其间兴起串连，年轻教师走井冈跑延安，将成年级的学生推给您代管，有时一天要上三个年级的课。

历史悲剧结束了，您忍辱负重十年，也没人提为您平反的事。您并不计较，只想是干正经事的时候了，殊不知，纤纤粉尘悄然间已染白双鬓，您该退休了。教育局领导说，待业的年轻人太多。

然而，您却是退而难休，不放心年轻人，说扶上马得送一程，兼了教导主任。有中年教师嫌收入低者，跳槽改行，您又代了他的政治课，您好像愈加地忙，我探亲时去学校看您，您正在打上课铃。您是双腿发麻，驻足不稳后才不得不离开学校的……

叔，您走的这时候正是春天，花是火样的红，树是玉样的绿，季节是温馨的。您的学生都来向您告别，有的携妻带女，有的胸别大学校徽，有的脖子上系着红领巾，也有像我这样的军人。他们默哀后，将佩带的白花一一别在您棺木外的红绸子上，足足千朵。教育局领导和全村乡亲也都说明天要送您入土为安。婶的眼泪是早已流干了，但她异常坚强，从未在人们面前哭过。堂姊妹们虽悲痛欲绝，但她们毕竟都已长大成人。所以，叔您尽可以无牵挂地去了，您去的那个世界一定更安宁……

常 青 柏

默默站在春云老爷的坟前，又看到了那株常青柏，心情格外沉重。风风雨雨在外十几年，正是它，时常勾引起我对春云老爷的怀念。

那时我五岁，时值夏收，父母都割麦子去了。天酷热，农村娃不知羞，我几乎赤身裸体满街跑，吃饭时滚烫的米汤浇上胸脯，立刻就有透亮的水泡鼓起，红肿且烧灼般地疼。我痛苦不止，母亲急得直跺脚，是父亲抱着我到春云老爷那去的。

春云老爷发须皆白，老花镜后，双目透出温雅谦和却不失深邃机敏的光。他弯曲着瘦而高的身躯，先抹去挂在我眼角的泪，仔细端详我的小胸脯，连声说："不碍事，不碍事，敷上药就好。"说着，用盐水擦净伤口，拿过薄且磨光的竹片，从罐头瓶里挖出一团黏稠油黑的药膏，轻轻敷上。烫面上的烧灼感即刻消了去，有层透心的清凉缓缓弥漫开来。

一个星期，烫面结疤，揭掉它显出红嫩的肉皮儿。我惊叹那药膏的神奇。谁知，第二年夏天，大概是我过于捣蛋和调皮了，倒霉的事儿又摊到我头上。一日，邻村的老张来村里迸爆米花，我们一群小顽孩围着抢飞出筐外的爆米花，脸被人挤到爆米花机上，又烫起一团水泡。这回是我自己跑到春云老爷那的，又是涂了他那黑药膏，十几天后烫伤再次痊愈。我更想知道它的名字。待到上小学，当春云老爷用同种药治好几位同伴的烧、烫伤后，久蓄于心头的疑问再也按捺不住，问父亲，父亲说那药名叫春云膏，是春云老爷循家传秘方用十余味中药熬制而成的。

自此，我开始留意春云老爷绿竹盈门的小院子，发觉院里原来如此热闹，求医问药者，带着悲、哀、怒、滞，心绪百结地入内，愁云皆会在春云老爷幽默而不失真诚的宽慰下化解，破涕为笑。

上初中后，我经常到春云老爷药味弥漫的老屋里去了。事情缘于一个雪后的傍晚，一同学的手被冻伤，我陪他来找春云老爷。那时屋里已掌上了灯，春云老爷用的还是春云膏。他上完药后没再坐回到案前去，而是出神地望着我们，久久地，神情里流露出不可名状的凄怆。我和同伴面面相觑，被他看得惶惑不安。

“耄耋将至，而传业无着，愧对先祖呢！”他开始收拾药瓶、

常青柏

镊子，发出深沉的叹息。

“愿学中医吗？”突然，他又转身盯着我们，目光里充满企望。

我们开始做春云老爷的徒孙，跟他学起中医，还约来三位同学。如实地说，我们的学习并没目的，不过好奇而已。春云老爷却是认真的。每个星期六晚是约定的学习日，他早早地把各种草药摆上案头，来后就开始逐一讲解其形、性、味、功能、炮制方法。赶上风和日丽的星期天，他就带我们到村南的潴龙河堤和阎王沟去采药……

有一天，春云老爷院里多了条棕色的小狗，凡陌生人入院必狂吠一阵。我们觉得好奇，问春云老爷怎么有如此兴趣。他先是摇头，接着说：“惭愧呀，那天邻村病人家属半夜喊我去急诊，我睡过去了，没听到，误了诊，罪过呀！有了这条狗就不会睡死觉了。”望着春云老爷追悔莫及的神色，我突然醒悟了跟他学医的意义。

上高中后，我一直住校，无法再跟春云老爷学医，但每个星期天我们总会去看他。

春云老爷是在我当兵前一年去世的。他走得很平静，未遭受任何的疾病折磨，村人说，那是好人有好报。我们五位伙伴沉浸于悲痛中，春云老爷安葬的第三天，我们找来一棵小柏树栽到他高高的坟前。

瞬间十余年过去，小柏树已长有一握粗细，高丈许，且四季常青。尽管成人后我们五位伙伴各奔了东西，也并没跟他学得一技之长，但他医者仁心的品质和情怀却深切地影响着我们。那株挺拔的常青柏一直贮存在记忆里，我们把它当作春云老爷不死的灵魂。

恩平爷的烧饼屋

恩平爷的烧饼屋是几十年的老字号了，在乡下这很是鲜见，若不是有手绝活儿，难说维持至今，连“文革”都有幸躲避过去。

烧饼屋是座破旧的平房，摇摇欲坠地撑在村东。屋子里外两间，恩平爷住里间，外间是作坊，架张花梨木案板，垒方红土炉堂。所幸门前通着条南北大街，四周环以苍苍郁郁的古槐，有青石桌凳摆在树下。难怪烧饼屋前门庭若市，这场子的雅趣古朴景象就够诱人的。

烧饼屋旁原先有家做粽子的，也是家百年老店，若论条件两家店旗鼓相当，且粽子对于北方人来说是稀罕食物，可生意就是日趋萧条。庄户人讲不出一二三的道理，只说那粽子有偷工减料之嫌，味道也不似先前入口。店主心疼却不得不关门，入股他店改炸油条去了。

恩平爷做烧饼是恩家正宗嫡传手艺，说至少有三绝：一、鸡蛋清拌水和面，倒入雪样的白面里，先手搓继而杠压，砸出的面韧却不硬，颇有嚼头。二、做工绝巧，掰开烧饼，内里层层叠叠，薄如蝉翼，俗称千层饼；饼又四周隆起，用刀旋之，饰纹迎刃而出，美似莲花。三、讲究炉道火候。炉道抹以村北青峰岭之红土泥，恩平爷说青峰岭的土黏，烤出的烧饶里外一样透熟；炉火也极有讲究，只烧麦秸，别的柴禾是绝对不能入炉的。恩平爷又说，麦秸火势弱而力强，烧饼先熟内后熟外，内外哪里先熟味道则迥然不同。

就凭这三绝，恩平爷烤出的烧饼名声远播，恰好门前是南北街道，过往商贾，赶路脚夫，耍杂艺人，路过烧饼屋，落座青石凳，泡碗香茶，就着刚出炉的热乎乎的烧饼，未送上口，烧饼的喷香早已直透入心了。那硕圆的烧饼被烤得白中泛黄，皮薄脆而不碎；烧饼面的麦芽糖上疏疏落落铺着层芝麻，它便又多出一层香甜。于是，村里人就说，恩平爷全然是为做烧饼而生和活着的。

而我对恩平爷的烧饼最是不敢忘却的。我偏偏降生在六十年代初的三年困难时期，生下不到一年，家中缺粮，母亲断奶。那时，恩平爷烧饼虽做得好，有钱买的却寥寥无几，只好每天赶早做好一炉，装在柳条筐里游走四乡。母亲曾是当地有名的民间艺人，手头尚有些积蓄，恩平爷早上从门前经过，吆喝一声，母亲花上角把钱买回一个，再蒸碗鸡蛋，算作我全天的主食。时日久长，有时母亲拿不出钱，恩平爷大手一推：“拿去，算爷送给孩的，这灾荒年的！”这样我不仅熬过灾年，且长成壮小伙入伍参军了。

所以，每次探亲母亲总唠叨：“咋还不去看你恩平爷？他越活身子骨越硬朗，生意红火着哪！”不是我心中不愿，恩平爷和他的烧饼屋早已萦绕在我年轻的梦中。记得参军后第一次探亲我特地去看望他，他久久凝视我头上那颗鲜红的五星，透出异样的目光。后来我听说，恩平爷早年曾经结婚，有过个儿子，打游击牺牲在太行山上。老伴由此精神失常和他离异。他孤独至今。我不忍心引发老人再去回想那不堪回首的往事。

这次探亲我着意换了便装，去看望恩平爷，不想走进烧饼屋，屋里的情景瞬间便把我镇住了，才三年光景，恩平爷已不再打着赤膊单枪匹马地窝在屋里做饼。他口衔长杆烟锅，端坐案板旁，白须垂胸，大声吆喝，调教着三位小伙子，和面、做饼、入炉，忙碌但有序。他也不再寡言少语，说现在买饼人络绎不绝，他八十挂零，不中用了，就招来本族侄儿孙儿，悉心传授技艺。我看得出，小伙子们很卖力气，恩平爷更是教得专注、虔诚。

“祖传手艺，不能走样的。”恩平爷手捻白髯，挺认真地对我说，那源于内心的敬业乐业、追求完美的神情尽显脸上。

烧饼的清香从老屋里清清淡淡地飘出，恩平爷吆喝声不断。这时，他把双手拢作喇叭贴近我的耳朵：“有人给爷我找了个老伴，待这几个徒儿能独撑门户，我就放心地撒手，手脚还能活动，就携老伴云游四方去了！”说完爽朗长笑。望着他孩童般的样子，我也忍俊不禁。

烧饼屋里竟有这么多的欢乐。

早晨的太阳真暖和

“二十三，祭锅灶，闺女要花，男要炮。”这是流传于故乡的俗语。腊月二十三，祭祀灶王的炮仗一响，就听了春节的跫音。年关迫近，家家户户动作起来，买油、盐、酱、醋、酒、肉；扫房、清院、贴年画和对联；蒸馍、过油炸麻花；洗萝卜、剥白菜、剁大葱，热气腾腾，一派节前忙碌景象。

然而，在乡下如此热烈且充满乡趣的年景并不多见，六十年代多天灾人害，我记忆中很少过这样的年。印象最深刻的是一九六八年春节，人所共知的运动正赶在火候，加之夏秋粮歉收，过了腊月二十三，村落里仍清清冷冷。且不说听不到繁密的炮仗声，节前所特有的忙碌与馨香气息亦无可寻觅。但年还总是要过的，对付着有那种意思就成。

腊月二十五，早起，父亲从粮缸里摸出打了补丁的口袋，灌进约十五斤小麦，对我二哥说：“到集上把它卖掉，就直接买年货，免得跑两趟。”说完，他又详加交待。我记得其中有一斤猪肉。按当时市价，小麦每斤三毛钱猪肉每斤五毛，那布袋里所装的价值就不言而喻了。

集镇离村子五里远，平时赶集办完这些事八九点钟光景是能够回家跟上吃早饭的。可是，这天已十点多钟，干过了半晌还不见哥的人影，父亲反复往村口跑，心急得不行。他就借来自行车正要到集上去找，一位年过六旬的老者寻到我家院里。他发须皆白，拄根木棍，腰间扎条草绳，直喘粗气，打量父亲半晌，探询着问：

“您是秦生他爸吧？”

“是啊，是啊。您快屋里坐！”

“不了，不了。唉，我来给您传个话，秦生娃赶集丢了钱，蹲在半路上不敢回家。你可别打娃啊，娃可怜哪！”

父亲谢送老者，也顾不上问尊姓名甚，哪个村的，忙骑车向村东奔。我也跑在车后，脚跟不着地也撵不上他，倒看见那位老者，正手拄木棍缓缓行走在村北那条通往邻村的土路上，早晨的阳光裹着他，令人感觉到寒冷的冬天透出了一丝丝暖意。

我来到他们跟前的时候，哥刚从枯黄的草坡上爬起来，衣裤和发梢上还挂着草屑。他沮丧地站着，垂首不语。风吹散了粗黑的头发，那条空瘪的布袋搭在肩上，眼眶里聚满泪水。

父亲站在哥的面前，并没出声。或是心急的缘故，他宽阔的前额布满细密的汗滴，面色也因此而潮红。阳光照在残雪和枯草上，一阵阵北风打起转儿，吹飞的草屑当空飘舞，亦将我们呼出的热气化为缕缕游丝。

“爸……”哥终于抬起了头，话未出口，眼泪先自扑嗒嗒落下来。也难怪，他也不过十六岁，交不起学费辍学在家，和父亲干同样繁重的活计，双肩稚嫩却已承担着太多的重负。

啪，这时才听到远处响起的零落的炮仗，声波在空阔的旷野回荡，余音袅袅，久久不绝。二十五过小年，已到了吃晌午饭的时刻。

“不说，回家吧，把那只打鸣的公鸡杀了。财破人安，年也有各种各样的过法。”父亲边说边把口袋从哥的肩上取下，夹在车的后架，我们一起返回家去。

车胎压在结冰的雪地上，嘣嘣作响，我和哥紧跟其后。“那位老爷说了不少好话吧？要不，爸肯定揍我。”哥说。我说真是好人啊，就拉起他的手，用力地，以此来传达我对于他的慰藉之情。

早晨的太阳真暖和

一位就那么疯了的“疯子”

至今，我都难以说清他是否真的疯过，乡下人所说的“疯”即医学上被诊断为精神病的人。

这是上世纪七十年代中期的往事，我十五岁，上着初中一年级，“文革”正要结束。

他姓史名占标，是我们北临村史家庄人。

他是一天之间被乡亲们发现成为疯子的。

早起，村人们看见他运土、挑水、扛麦秸、盘泥，在为自家的茅厕垛围墙。可是，下午的时候他却在茅厕里喊救人。他没为茅厕围墙留门，把自个给垛进去出不来了。

村人说他疯了，可他却是我们那一带六十年代初为数不多的大学生。他家是地主成分，村里人批斗“地、富、反、坏、右”，他爹当然逃脱不了，刚批斗完第一场便上了吊。乡亲们十分肯定地说他精神遭受刺激，才得上这病的。

我们开始在上学的路上碰到他挨家挨户去要饭，留着一头蓬乱长发和挂着饭粒的胡须，肩搭布袋，手持缺边瓷碗，目光呆滞，衣衫褴褛，梦游般走在四乡八邻的大街小巷。我曾在散文《有太阳的冬日》里记叙他那次到我家要饭的情形：

那是个星期天，父亲在外地工作，母亲嘱我写封报安家信，赶着早到五里外的镇上去投寄。

拉开屋门，竟是个初冬少有的暖和天，而晚上还在落着零零星星的雪。太阳照在雪后的地上，泛着柔媚炫目的光，院子里寂静温馨，我把放下的棉帽耳巴重又扎起。打开院门，却不由打了个寒噤：门外站着位蓬头垢面的讨饭人。他看上去三十四五岁模样，敞胸露怀，左手柱截木棍，右手端只缺边瓷碗，肩头散落着点点雪花，看来是在门外守候多时了。见这光景，我麻利地插上门栓返回屋里。

“咋回来了？”母亲在灶房间问。

“院外站着个要饭的。”

“咋不叫人家进院里来？”

“这……”

“那你就把这半个窝窝头给他吧。”

……

可他分明又十分清醒。那是个中午，放学回家吃完饭，我和同学们返回设在临村的初中上下午的课。

“上午那道方程题，做不出来，问问史占标咋样？”史占标正迎面走来，同学孬蛋说。

“你也疯了？”有同学调侃他。

“试试不中？好歹他是大学生。”孬蛋坚持道。那时的大学生在农村凤毛麟角，我们崇拜得很。

“试试也中，他又不要钱。”也有同学怂恿。

“占标，帮我们算道题，算对了明个带馍给你。”孬蛋喊住他。

他停下脚，把本来就不甚明亮的疑疑惑惑的目光，从垂在脸庞的长发缝隙里探将出来，半晌才讷讷地说：“愿一试。”

他放下那只破碗和肩上布袋，蹲于地，接过孬蛋递去的数学课本，找到那道题，就地上抓过一支枯萎的树枝，沉思片刻，在坑凹但结实的路面上演算起来。这会儿他完全恢复了常态，垂于眼帘刘海似的头发被他撩到了一边去，露出炯炯双目，口中喃喃；手虽枯瘦蜡黄，此刻却笔走龙蛇，透出抓铁留痕般的力度。仅一袋烟工夫，他抛却树枝，指着满地数字、符号：

“就这，不会错。”他肯定地说，并从前到后复述解题步骤。

我们把它拿给数学老师，他说完全对。

他怎么突然就恢复了清醒和理智了呢？回到学校，我还在想。

第二天早上，史占标果然就在昨天演题的路边守着：“馍？”他将手伸到孬蛋跟前。

“大学生都有工作干，你咋没有？”孬蛋从口袋里掏出块饼。

“我在学校犯过错误。”他接过饼，跟着我们边吃边说。

“啥错？”

“十五六年前的事了。我说苏联过去明里暗里支持国民党，咱共产党现在不能太相信他们，跟他们跑。学校说我反动，虽没开除，毕业后就不给我分配工作。”

“你没说错，前几年不还打过一仗，咋不再找学校去？”走在边上的建社闻言，觉得学校对史占标太过不公。他大哥在县里当干部，常带他到县城玩，眼界宽知道的事儿自然比我们都多。

“过去是过去，现在是现在，过去的账现在有谁会还？”他淡淡地说。那件事儿好像压根儿就没放在心上。

“你这身板，能干活挣工分，咋要上饭了？”

“队干部说我家成分不好，会故意弄坏庄稼，不让我下地。”史占标母亲早年去世，既无兄弟姊妹，还没娶过女人，父亲这又上吊，也只有漂泊流浪了。但并非仅仅如此，他的流浪往往处于残酷的病态之中，这就不免令人担忧。从这时起，不知道为什么我心里突然就多了件心事，因为常能在上学的路上碰到史占标，总担心哪一天他要是要不到一碗饭会怎样，他会一直就这样要下去吗？我希望能够更多地见到他，送给一些吃食。

再次见到史占标，是初中毕业后又一个有着透亮的阳光照射的冬日上午，生产队长让我带几位伙伴去村外柿树林摘柿子，于高高树丫上我看见他仍手持缺边瓷碗，肩搭布袋，东倒西歪地朝我们村挪过来，神情更为潦倒落魄。

“占标，来啊，给你些软柿吃！”我向他喊。

他来到树下，或是朦胧中潜意识里还记得我们曾数次见面，算彼此熟识的人了，就颤颤巍巍高高举起了碗。我用竹篮吊下几只软柿子，他一手抓过迫不及待地狂吞猛咽……

至此，我也没再遇见过他。听他村里人讲，他家房屋失火，被烧得精光，他侥幸逃过一劫，以后就再没回过那村子。而我心里却一直在幻想或企盼：他还能恢复从前的清醒和理智吗？如此，命运对他大概才算得上公正。

牛家二兄弟

牛家在我们村虽属小户人家，却是书香世家。我并不清楚他们的家学渊源，但知道自牛家二兄弟以上几辈人，都在村里立私塾或在村学堂教书。甚而，从他们家走出的女人们，也都识得字，会断文，颇显名声。

上小学一年级，牛家二兄弟中的老大便做着我们班主任，并教授语文到三年级。我入伍后回家探亲方才接触到老二，却一见如故，遂成莫逆之交。他那时刚从监狱出来不久。

1

老大，名曰文清。

我八岁方读小学，却穿着开裆裤，害怕别人笑话，就央父亲送我到村东由寺庙改成的学校报名。校长让父亲带我直接去找牛老师，我这才第一次见到他。他是那时乡村为数不多的公办老师，刚从外乡调回村里。

牛老师个头不高，梳着大背头，镶着几颗银白的牙。开学不久，我便感到他的性格其实并不儒雅，甚而有些急躁。语文课最初先学拼音，我们“啊、喔、鹅”地很快能背会写，但那是就口念顺溜了，等到被他叫到黑板前打乱顺序题写，却大多傻眼，由三四个音节组成的韵母，很难有人能默写出来。这时他就会生气，恨铁不成钢地罚站，一节课下来总有三四名同学站到黑板前边。

然而，光罚站并罚不出什么效果，他开始反思自己的教学方法，不再一味地领读、领写，而是把字母表做成卡片，打乱了顺序逐张抽出让我们读，迫使我们记准记牢。至今，我查字典或发短信，仍熟练地使用拼音这最原始古老亦最快捷方便的方法。

在三十多名同学里，我还算幸运。大概有些儿小聪明，天生爱语文，无论牛老师怎样教，我的成绩都挺靠前，加上勤快听话，就喜欢让我跟着他。夏天午休时间长，他会到教室里检查，时间过去一半，我刚好睡醒，就跟着他到他的备课室兼卧室。他躺上床仅仅片刻便呼呼睡去。我搬过小凳，坐在他枕头边轻轻撩开他的大背头，寻觅其中的白发，然后稍加用力，拔下来。他只浓眉轻蹙，复又沉沉睡去……

二年级，牛老师开始教我们毛笔字，可是，农村穷班里有多半同学买不起笔和纸，只能听他讲了写法用手指在课桌上划。我记得他就想了个办法。他先用直尺在黑板上划好米字格，再把粉笔磨成细面，加水拌成糊糊，用毛笔蘸了边讲解边示范板书，不一会儿水分散去，显现出他笔划分明、隽秀端正的楷书大字。然后，便把那些买不起笔墨纸的同学单独叫上讲台，手把手教，从点、横、钩、竖、撇、捺，到起笔藏锋，逐个在黑板上练，所以，学校组织毛笔字评比，我们班总得第一。

我升入四年级换了班主任，牛老师也不再教我们语文，而去重新带一年级新生。“文革”这时进入高潮，村南街东头的董保贤被选为贫下中农代表进住学校。教育也要闹革命，董保贤每个星期都要用一个下午，把全校师生集中到操场上，由他涕一把泪一握地忆苦思甜。不知道为什么牛老师不像别的老师，坐在自己班的前头，而是独自站到台上，虽然不是批斗会式的接受批判，但分明是单独让他接受再教育。回到家我把这事告诉父亲，他说牛老师出身不好，村里把他家列为批斗牛鬼蛇神的对象。

整个下午，牛老师站在台上，头始终低垂。天开始进入冬季，寒风呼啸，他被吹得东倒西歪，也得保持站姿，冻僵的脚不能跺，冻麻的手不得搓。然而，牛老师却并未显示丝毫落魄消沉神态，他面色平静，头虽低垂但目光坚毅，我们能够感觉到他内心的凛然不倔和人格的高贵不可辱。下得台来，他依然当班主任，课还照旧上，我们叫他老师则更加用心，呼出呼喊父母般的情感。尤其对于我来说，如果四年级之前当他的学生时，喜欢跟随他是出自天然纯洁的师生感情，这时我对他的深深敬重，则来自于后天他为人师表人格魅力的强烈感染……

可惜，牛老师烙印在我脑海里鲜明而超然脱俗的形象，短短六年便成为令人感怀和叹息不已的追忆。他在我读初二时去世，大概刚刚六十岁。

我读初中在邻村，加上早晚自习，每天四次往返于家和学校之间，要走三十多里路，再很少耳闻牛老师的消息，勤工俭学颇忙，也顾不上去打听。一天早晨到学校上自习，班主任王老师走到我课桌前，压低声说你们村牛文清老师去世了，咱们学校要送花圈，张副校长代表学校去，你和秀清抬着在前面领个路。我当下怔住，脑海顷刻间像被抽空，一片空白和茫然：怎么会这样，老师您真的感到累了吗？

后来，我听说牛老师一直血压高，是脑溢血突发而逝。

冬初，霜雾笼罩，田野一派沉寂。太阳也被氤氲不去的淡薄的晨雾所包裹，透出隐约白光，散发着一缕痛彻的哀意。我和秀清抬着花圈，走在我熟悉的乡间小道上，间或，会有一阵急速的北风吹袭过来，花圈的缎带便发出哗哗之响，宛似心声，在倾诉我即刻就要站在他灵柩前面想要说的那些话语！

2

老二，名曰文正。

认识他时我正上着军校，学校放暑假回家，而他刚从监狱里出来。

是父亲带我去见他的。午后，天适才落过雨，溽热被雨水所蒸发，顿时凉爽宜人。

他住在临时借来的房子里，几乎没有家具和摆设，靠里墙一张床和窗下一方桌，桌前一把椅，多来几人就就着床坐。但他颇显精神，个头和牛老师差不多，也梳背头，不过他脸盘略小而鼻子却又尖又高。

“你爸给我好几次说到你，上军校出息啊！”他热烈地握着我的手说。

“政策好，要不是我当上兵，就无从谈起上军校。”我说。

“是，要不，我也不会提前出狱。”

“学习、训练紧张吧？”他问。

“紧张，要求严。”

“充实，有意义。年轻人能到军校锤炼，受益一辈子。”他心里似乎藏着什么，颇为乐意谈说这个话题。

“你俩接着说，我要下地，先走。”父亲见我们有话可说，忙地里活去了。

“我唱首歌，你听。”他站起身，眼望窗外，沉默片刻，然后大声唱道：

怒潮澎湃，党旗飞舞，

这是革命的黄埔。

主义须贯彻，纪律莫放松，

预备作奋斗的先锋。

打条血路，引导被压迫民众，

携着手，向前进，

路不远，莫要惊，

亲爱精诚，继续永守。

发扬吾校精神！发扬吾校精神！

他挺胸昂头，挥舞双臂，自己给自己打着节拍；歌声高亢、雄壮，豪迈、有力；也仿佛忘乎了所以，任凭满腔激情恣肆宣泄……

他告诉我，这是《黄埔军校校歌》。

后来我向父亲，牛家老二怎么会唱这样的歌？父亲说他就是从黄埔军校武汉分校毕业的，并且，他的坐牢亦与上这所学校有关。按父亲的说法牛文正毕业后尚未上战场大陆即解放，他没有随国民党军溃退台湾，而是回到家乡。遗憾的是他带回一把刻有“蒋中正赠”的短剑，藏匿于被掏空的房梁梁头，结果被搜出，按现行反革命治罪，逮捕入狱。

父亲所以跟牛文正尤为熟识，不仅因为同村的缘故，他俩同岁，年少时他曾到他家私塾读过几年书。父亲能写一手好毛笔字，而且算盘打得也不错，懂得些算术均得益于此。

父亲交待我，可以叫他文正叔。父亲大他几个月。

我告辞出门的时候，他递给我本《金正日传》，书全新，他让我假期里读。那时，金正日当选朝鲜劳动党中央政治局常委不久，是朝鲜日后年轻的领导人，却竟有他的中文传记，这令我惊奇不已。

“多读名人传，好。”他说。

他的这句话我倒记住了，返校后便到图书馆借来不少这类书来读，各类人物都有，例如《东条英机传》我就曾经读过，当然那绝对是带着批判意识来读的。读名人传记使我受益匪浅，到后来我不仅读，而且乐于购买和收藏、撰写。如今，我的书柜里就码着不少这样的书。

返校不久我竟收到文正叔的来信，地址是他向我父亲要的。他信里想要说的就是今后彼此多写信。

我再次探家的时候，文正叔已搬到村南潴龙河堤上去住。那条堤十多年前就被栽满桃树，每年春节才过桃花便迫不及待竞相绽放，层层叠叠，云蒸霞蔚般横亘在广柔的原野上，成为故乡土地上一道难得的壮观景致。

“桃花堤”从此便被乡亲们叫开了去。

文正叔被大队派来守护桃花堤。

他住在堤顶一间低矮的瓦房里，仍简单地摆着那张床和桌，倒是门口所搭草棚和其下所垒的土灶台，使这儿透出些儿淡然野趣。

护堤、挑水、劈柴、做饭，他面色红润眼睛透亮，军人特有的干练孔武的赳赳之气显露无遗。

“过去的事儿还计较吗？”我从他身上看不出一丝儿曾经的牢狱之拘的痕迹，觉得颇为奇怪。

“那可能是场误会。假若我真要反革命，早随国民党军逃到台湾去了；再说，凭一把短剑就能反革命？我只是对那段轰轰烈烈的日子想留个纪念罢了。当然，那个时候的社会情形我总不敢就把那剑明目张胆地摆出来。”所以他说，无论过去上国民党军校，还是过去的曾经蹲共产党大牢，他都不会感到幸或不幸。但他反复说自由是彩虹牵着的风筝，只有跃上蓝天，方才显示出自由的珍贵。

感叹于他的率真性情和大度豁达，我们就一直通着信，每每捧读，都引得我许久地沉思和遐想……

故乡三老

父亲和母亲年轻时生活在古城西安，上世纪六十年代初三年困难时期，响应政府号召他俩携我哥、我姐和我返乡务农。或是农村与城市总会有所差异，乡村生活偏偏正逢苦不堪言的时候，父亲还难以适应。加之，他曾被国民党军抓过壮丁，“文革”期间造反派总想找他说事，甚而欲揪斗游街遭受了颇多的横眉冷对，不仅他，我们全家都陷入万劫不复的惊恐和惶遽中。所幸，村中三位长辈无论父亲和我们家庭的际遇发生着怎样的变故，他们都从未嫌弃抑或唯恐避之不及，仍用着乡间最质朴的乡亲情怀，保持着往来，帮衬着我们。近四十年过去，他们虽均已作古，但发生在我们家里有关他们的感人往事我是不敢忘却的，所以直到今天我还在兹兹地怀想着他们。

1

年关抵近，即便生活再困顿，村庄上空也会响起零落的炮仗声，就炸浓了过年的气氛。

天已黑透，母亲于油灯下开始拆补旧衣裳，赶着紧翻新，不致我们过年时穿出去令她和父亲难堪。父亲插上门在屋中踱起步来，小煤油灯的火苗静如处子，散发出微弱的光，映照着他满布忧愁的脸：眼看过年，瓮缸里只剩着几升玉米面，白面一撮儿也没有。

“有啥可愁？有就过富年，没就过穷年。”母亲轻声说。

晚饭前天就开始刮北风，这时越发的紧，木头已发了松的大门，被吹得哐哐当当响，打破夜色的宁静。

“开门！开开门！”风中传来急促的叫门声。

“快去，这么晚了谁还来串门？”母亲催父亲。

“没睡吧？”父亲拉开门闩，风裹挟着春林爷走进来。

“这是弄啥？”春林爷卸下肩头布袋，口喘粗气。看得出他的急切，父亲就问。

“明个去把这斗小麦磨了，孩儿们过年哪能不吃个白馍馍。”

“爷，你家可也不宽裕。”春林爷辈分高，父亲也得如此喊。

“我比你会拾掇地，收成好。别扯多了，我得赶紧回。”他转身就走，壮硕的身躯旋即消失在浓浓黑夜里。

哐当，大门的响声淹没于风中，闷闷的。

这个春节，我们还是吃上了白面馍馍。

这年，我刚能记事。

后来，我听父亲说他和春林爷同茬。不过，春林爷自落地就一直生活在村里，就是当县武工队队员那阵也没离开，他就在这期间入了党。解放后当村长，成立农业合作社他当社长，成立生产大队自然当大队长又非他莫属。那时，农民党员尚颇为鲜见。但是，我相信父亲和春林爷间的交往一定是从年少时就开始了的，父亲曾隐约说过，他俩小时读过同间私塾。

落雪的日子渐行渐远，春雨如约而至，冬天时稍显蔫态的麦苗儿挺起了身子。整个冬天窝在屋里的人们，听着钟声开始集体出工。自留地被收缴了去，出一天工记一天工分，它连着口粮。家里就父亲一位壮劳力，而吃饭人却多，他时刻能感受到无形的生活压力，浓眉紧蹙，神情始终凝重，看不到春色带给他一丝儿的欣喜和活力。

“县里建水泥预制厂，我想叫你去，自个能吃饱，还可挣高工分。”一天收工，回家路上春林爷拦住父亲说。

大概得益于我们县那块土地的肥沃和平坦，省里就列其为早日通电试点县，开始预制水泥电杆。

“咋给生产队说？”

“我给你们队长讲，你家特殊不是？”春林爷大概早就有所思虑。

父亲去了县城，这年我家不再缺粮。父亲而且学会扎得一手好钢筋，后来回到村里，我们那一带正风行结婚新房扎顶棚，就是用高粱秸把它扎成格子状，再糊上纸，贴上双喜或喜鹊登枝之类的剪纸。父亲的手艺派上用场，常有人来请，总要塞给他些工钱，竟多了份额外收入。尽管平时白面不常吃，但过年能吃上，有时大年初一还尝到几片肉。父亲在那厂里干了两年。

村里紧接着兴修水利，铺设地下水管，父亲就又被派去当村水泥预制厂长。至今，我们家堂屋的八仙桌上仍摆着件小假山，那是水泥从模具中渗出滴入振动器下凝结而成的造型。每次从部队回故乡探亲，睹物思人，我总幻想着已故去多年的父亲，就走回了这座老屋里来。

父亲似乎成了村中的“特殊社员”，凡大队能记高工分的活计春林爷总会想到他。他还去过村面粉厂、棉花弹轧厂。县里组织挖河会战，生产队几十号壮劳力吃住在工地，他却只干保证众人吃、喝、拉、撒、睡的后勤，天天赶集，没挖过一锹土。父亲倒也知性，无论哪行哪业，干出来的活从没让人说过闲话，春林爷和队长省却不少心神。

长辈间的情感，潜移默化，于无意之中亦传袭到我们后代身上，自记事起，我便由衷敬重春林爷。我上小学必过路他家门口，大凡碰到，我总要上前恭敬地叫他声“爷”。他每每微笑着说，城里回来的孩到底懂礼数，长大定有出息。

春林爷对我们家的着意关照，时间长了也会引得几家街坊眼熟，他们说他偏心，高看一眼城里人。春林爷并不回避，说：人家曾是城里人，惦念这乡下，遵照政府号召回来种地，缺少干重活的力气，农事上还不怎么懂，多些照应有啥不妥？甭攀比，攀比倒显示咱的小家子气了。

他说多了，也再没人去吵吵这样的话头。

不过，我们家的事也有让春林爷为难的。那是“文革”开始不久，自小过继给外祖父，并随了他姓的大哥要去当兵，当地政府来信，要我们大队出证明，说明社会关系及有无历史问题。大队讨论时有人就说我父亲曾被抓壮丁当过国民党兵，属有“问题”家庭，证明不能随便出。也有人说不出证明他家老大就当不成兵，不耽搁前程了吗？各有各理，争执不下。春林爷沉默一阵后，说：“他被抓壮丁是个事，但不是他的错，他后来不是起义没跟着跑去台湾吗？照实写，不过得强调是被抓去的、主动起义的；贫农成分。”春林爷发话，众人不再吭声。加上父母自回村后勤恳劳作，善待邻里，人缘颇好，证明顺利开出，大哥如愿入伍。

我最后一次见春林爷是一九七九年的十一月间，我正要当兵离开家乡。隆冬时节，天被滚滚而至的北风吹出耀目的蓝色，云踪难觅，地上白雪尚存，就如铺着层干干净净的棉絮，透出一派高远宁静气象。父亲让我到招贤镇赶集，买些水果点心之类，作为与亲友辞行的礼物。碰上春林爷就在回来的路上。他头戴带耳把棉帽，帽檐尽管压得低，并没挡住他的浓眉和透着淳朴之气的大眼。

“爷！”我叫了声。大概也是赶集，他骑着链子哗啦响的自行车。

“噢。”他赶紧下车。

“我要当兵走了！”

“知道，就说今晚要到你家去道贺。”这些年他得上几种老年病，不再干大队长。

“啥时走？”

“明个换装，三四天后吧。”

“你当兵，不容易，要还是前些年，有你爸那事，政审说不定都难过。”

“我知道。”

“到队伍上甩着劲干，提个干，给你爸妈长长脸。爷早说过，你这孩文静识礼，不淘不顽不狂，日后有出息。”

“爷说高了。”我面露羞赧。

“当然，爷脸上也沾光。”他复而骑车远去，留下的还是那车链子摩擦泥瓦的有节奏的哗啦声。

当兵后我两上军校，三改隶属，四迁驻地，回家次数本来就少，亦曾数次专程登门探望，遗憾的是每次春林爷都没在家。三十四年是个不短的时间，春林爷作古已近十年，但三十四年前的一切恍若昨日，想起都还在眼前活动着，并在心底升起涟漪般的暖流来。

2

敬恩爷当着大队会计，和春林爷同属村干部。并且他俩同岁，就连性格都相近。脸盘方正，眼眉稀疏，个头适中，肩背宽厚，是他俩面貌上不相同的地方。

年少时敬恩爷曾随懂得中医的父亲在上海滩闯荡，且练得一身好武功，尤杨式太极拳即达出神入化境地。其勇武却与性格形成鲜明反差，说语轻声细语，面色和善，从没见他跟谁急过。而且，他写得一手好书法，“文革”前后时兴在墙上刷标语，我们村街道两侧多由他所亲书。他还善画画，村里公益性的宣传画，例如安全用电，清除四害，演社戏的布景道具，非他莫属。或因了他的人生阅历、人文函养和向善性格，在村里他不仅人缘好而且威望高，谁家有事都愿请他去“主事”。父亲当然就更是敬重他。

第一次见敬恩爷是父亲领我去的。我九岁多，刚上小学，不知是因为营养不良还是幼时害过“百日咳”重病，身体孱弱，放学回来总瘫倒在床，面黄肌瘦，家务即便轻闲的扫地、烧火、喂猪，不愿干也干不动。一个星期天，父亲嘱我说同敬恩爷讲了，你去跟他学武，也就是学太极拳，练练筋骨，叫身板硬朗些。

正当仲夏，敬恩爷家堂屋后的菜园子一片葱翠，蜜蜂、蝴蝶密匝乱飞，蝉声高亢。园子东北角一棵三四丈高树冠如蓬的皂角树下，青砖支着青石板，边上摆三四石墩，十足的农家况味。练拳得先蹲马步，敬恩爷说这是打底子，学套路、架势没过硬的底子不成。我在树荫下蹲马步，他俩就围着石板桌喝水、说话。

蹲马步一举两得，为武者首先练它就是练定力，力拔山兮当自岿然不动。但旨在蕴意积气，意为帅气随之而行，打通周身经脉，亦可起到祛病健身之功。后来，我知道太极属内家拳法，它的架势套路和意气兼顾的练功方法，较之只练筋骨肉的外家拳，对于强身健体裨益更显。

秋收之后，农活日趋轻闲，天亦渐渐清凉，父亲多天下雨时再带我去，就在敬恩爷家堂屋。我依然蹲马步，他俩侧分坐八仙桌两侧，隔桌扯着村里闲话，有时也说些他们早先在外面闯荡生活时的趣事。我就在那里想：敬恩爷习武练拳，禀性却一派儒雅，总给人以亲近之感；父亲性子急，还爱发脾气，二人却很是能凑到一块，是什么东西使他们如此之投缘？长大后我才琢磨出个所以：他俩性

故乡之夜

格迥异，可有一点相同，即凡事坦荡，直抒胸臆，无甚心机。

敬恩爷终是不肯教我套路拳法，之后加练箭步、虚步和赴步，并相互转换姿势步法。他反复叮嘱说：吐纳亦和意、气相随，以意带气，以气催形；做到了动静转换间的意、气相随，再学套路动作自然连贯、圆通；懂得了劲道，上手也会快很多。母亲这时偶尔跟着来看热闹，我练步法她就和敬恩奶奶唠着闲话。

到了年底我的体质似大有好转，饭量增加，身上长了劲，那副病怏怏的样子了无踪影。

然而，正当我学拳渐入佳境的时间，又是父亲那个曾被国民党军抓壮丁，而“文革”前期不被看作是什么问题的“问题”，被几个村里造反派扯出来，非要驻村工作组再作审查。于是工作队员天天叫他去大队部写所谓交待“历史问题”的材料，吓唬他说，假如不老实写就拉他上台开他的批斗大会。情义满怀，侠肝义胆，突遭如此变故，他像一夜间遭猛霜打过的葱，直挺的腰驼下来，昂着的头垂下来，疾似风的脚慢下来，乐于助人的手停下来，除却到大队部去写材料，几乎不再出门，窝在家唉声叹气，饭也少吃，得上莫名其妙的病似的。全家人顿时紧张起来，母亲尤甚，跟着叹气唉声。而且，父亲的脾气一日坏似一日，无端发火儿，跟妈争吵，为鸡毛蒜皮事儿动不动就狠揍我们。

也是一天晚上，全家人正在死气沉沉的气氛里守灯熬夜，敬恩爷出其不意敲门走进我家。他并没多说话，展开一卷红纸，那上面是他写的一段话：肚量要下，要受得住委屈、误会，对非原则性的东西要能够让步。下面没落款，他说这话是毛主席说的。走时，他又对父亲说，在外面奔走那么多年，战场都上过，还有啥扛不住？老熊家里人，不算本事。父亲当下就把“毛主席语录”贴到靠床墙上，睁开眼就可看得到。

父亲似乎有所触动，果然就淡定下来，情绪上不似先前那般消沉，郁结偶露外，发火使性子几近不再。工作组派出外调的人回来，并没获得新材料，事情也就不了了之。

即便是混乱年代，春天仍踏着她的轻盈的脚步走来。南飞越过了冬的大雁开始北飞，天空中留下“人”字形整齐的雁阵和浑厚悠长的鸣叫。村南潴龙河堤上的桃树率先开花，满堤的璀璨妖冶，满堤的芬芳清香，格外令人留恋。寒假开学后我们要做的第一件事就是装窑和出窑，持续到麦收前的五月底六月初。这时，最先成熟的五月桃已红白分明，粉嘟嘟地挂在了树上。

窑场开在河堤东侧的高岗地上，装或出得一次要万块以上砖瓦。而回家吃饭那座河堤则是必须经过的。那天中午我们数十同学从堤下走过，圆而肥砍的五月桃正在头顶摇曳，香味诱人，举手可得。同学中或有人经不起那纯香的诱惑，悄悄伸出手去，恰被看桃人瞧见。他一声大吼众同学惊恐而逃，我既未摘便照样走自己的路。

推开院门，父亲正手持木棍当院而立，怒目圆睁：“你竟跑去摘公家的桃？非打断你腿不可！”举棍便横扫过来，抡出“呼呼”的响声。

“干啥哩！”我本能地掉头就跑，不想和急冲冲进门的敬恩爷撞了个满怀。他厉声喝止：

“不问明情由就揍人？”顺势夺过父亲手中木棍。

其实，那护园人并未看清是谁摘了桃子，我家住在村西离河堤近，他先入为主把我告到了父亲那里。父亲平时极是爱护声誉的，绝不允许我们有任何偷鸡摸狗占小便宜龌龊之事，听了那人误告便怒不可遏，于西厢房梁头套上粗绳，欲将我吊起爆打。母亲被吓得手足无措，劝不住父亲，她急中生智，趁我尚未到家当儿，跑到南街请了敬恩爷过来。

母亲说，她相信我不会干那样让父母丢脸的事儿。

终是逃过这顿挨揍，要不是敬恩爷及时过来劝阻的话。于是，敬恩爷的慈爱和宽厚在我记忆里又深刻了一层。

3

焦爷，在我们村亦属异姓，是仅有几户的小姓，但因了他特殊的行当，却是备受尊敬的。他当着村里的医生，虽并未受到村里指定，一介土医而已。

上世纪解放初到六十年代末，我们那块乡村是没有正式医生的，哪怕后来所谓的赤脚医生。先前村里的土医是敬恩爷的父亲春云老人，年轻时他在上海滩一中药铺当伙计，耳闻目睹，自学成医，解放后回村就在自家小院两间东厢房里摆弄中医中药。我跟敬恩爷学拳时他大概年高体虚，已不再坐堂接诊。但有谁找到家来亦不拒绝，付不付钱都会让病人捎回几付药。我八岁时，记得是夏天，邻村的老张来村里迸爆米花，我们一群毛小孩围着抢飞出筐外的，脸被人挤到爆米花机上，烫起水泡，就是涂着春云老爷配的药膏而痊愈的。

焦爷则不同，我后来才知道他所侍弄的属西医，有人去看病给几片药或打上一针，神奇般就好了，不像到春云老爷那要拎上好几包。药效的神速和不甚影响种地干活，街坊邻居找他的倒多起来，但开始我并不知道他是如何精通这门医术的。他和敬恩爷性格相似，内敛而外雅，话语不多轻声轻气，据说曾在外地一家工厂的医务室工作过。

他刚好接上春云老爷的茬。

焦爷为人看病简单，诊室就在自家堂屋，备着听诊器、体温计、血压计，靠里支着张诊床，药没几种，多消痰、去烧和治拉肚的。有时，他也会像春云老爷那样，觉得能用土方、验方医治好的病，就如何煎服交待清楚，让病人到野地或潴龙河湾去采，省下药钱。我们都知道起初他媳妇是极力反对他在家里接人看病的，说是不吉利，把阴侮之气引到了家里来。我们这也确有这样的习俗，在家熬中药最好自买砂锅，实在要借别家的，使完后不能送还，而要借主亲自取回，否则就会把病人的病送还给借主。他说，救人一命如造七级浮屠，正能驱邪，在家为人看病多几分小心就是了。媳妇到底扭不过他。遇到卧床不起的，有时他也会出诊，每逢有人来请，二话不说急急拎了他那装有听诊器等器具和药片的皮箱，速速随人而去。当然，遇着他尚无把握能治的病或严重外伤，他会催着将病人往县城医院送。住在前院的我家堂叔就曾如此遭遇。

正隆冬天。

时近半夜，北风令人惊恐地呼啸，似能将房顶掀了去，且雪借风势瀑布般倾天而落，越发肆虐。堂叔白天已觉右腹下部隐约作疼，但并未在意，农家人是自小就学会和懂得忍耐的。半夜时分，肚子疼得令他尽管时在寒冬也滚下汗珠来；继而，他就要呼天喊地了。焦爷被我父亲请来。借着微弱灯光，他只手指压在我堂叔右下腹处，确定这儿最痛，便挥手对我父亲说：“快扎担架，招呼人往县医院抬，恐得了阑尾炎。”

劲风猛雪，搅混了天地。借隐约的雪光我父亲手持木棍在前探路，七八位本家兄弟和街坊壮汉，抬担架于漫天飞雪中跟着他艰难前行。焦爷虽年过半百，却亦气喘吁吁、踉踉跄跄尾随在后。父亲曾劝他这样的孬天，反倒累病了划不来。他说，我得听听医生们咋个说法，看我给出的诊断对不对？现场学重要得很。

“你诊断得很对，正是阑尾炎，得马上开刀。”急诊医生说，假如再晚些来，阑尾穿孔，人都有可能救不过来了。

众人吁出口长气，瘫倒在地，就那么怀抱扎担架的木杠，头靠走廊墙，昏昏欲睡。

堂叔，终是被救回一条性命。

然而，生产队并未因长年义务为民行医给他多记工分，他还必须依靠种地收获粮食而过活。当然，乡亲们极是讲究情义的，他们找他看病即便掏不起钱，一定会带上红薯、瓜果、蔬菜以至粮食，尽管他并不计较。《故乡平安夜》是我曾经写过的一篇散文，讲述我和父亲三更天到外村去叫人回家，照看病人的经历，参与其中，但我并未写出的就有焦爷。

那也是个三更半夜天，对门娥奶的儿子突发高烧，而娥奶偏偏回安平寨娘家去了。她男人在铜川煤矿下井，家里只有年岁古稀的婆婆。婆婆在旧社会又裹了小脚，心里百般着急却无能为力。她摸黑叫来焦爷，他又找来我父亲，说他帮她守着孩子，你赶快去安平寨唤她儿媳回家。娥奶被我和父亲接回，守了大半夜的焦爷却说，我老爹今晚也发着烧，你看都挤一堆了。娥奶一时无语，我和父亲已惊诧不已：焦爷的父亲那年已七十有八。第二天娥奶就拎了鸡蛋到了焦家。我的母亲也去了。直到去世前，我的母亲于或昏或醒中还不忘念叨焦爷。母亲的身病抑或心病，曾通过焦爷被治愈，她格外惦记着他的好。

说来，母亲这病和我竟紧密相关。

一九六〇年十月间，我出生在河南杞县，尚未满月，远在西安的父亲拍来电报，说我奶奶脑溢血正在抢救，让母亲带我即刻返回。

月子里的女人是禁忌接触尤为恶劣的外界环境的，但亲人生死之际母亲无法回避，只好抱着我上路。十一月了，属开封地界的杞县寒风凛冽，风沙弥漫。母亲不堪其袭，带着我回到西安，虽见到最后奄奄一息的奶奶，而她却落下肚子疼的毛病，总觉腹中长着条肉，并有异物和下坠感。

第二年夏天，我们举家迁回父亲的故乡河南温县，母亲也就把这病带到乡间。又七八年过去，母亲的感觉一直未变，肚腹的隐约疼痛一直折磨着她。她找过春云爷并曾到县城医院，终是无果。母亲后来去找焦爷，焦爷早就知道母亲这病，但他说不清楚到底是咋回事，不敢用药。

“我找个人给你治，试试吧。”他对母亲说。焦爷找的那个人是他当厂医时的同行，擅针灸。不过，那医生也是村中土医，离我们村有十五里路。

母亲去了，拿着焦爷写的字条。母亲每天早上先做好饭，打发全家人吃完，再独自上路。下午四五点光景她往回折。这时，我必站在村北的路口迎着。淡淡的冬日夕阳辉晕，罩住田野，母亲走进又走出，披一身光泽。我扑进母亲怀抱，她停下脚抚摸我的头，俄尔，说咱回家吧。这样的温暖和幸福，每每忆及，依然令我热泪涌动。二〇一一年冬末，母亲远离我们而去，她从小至大抚养我的那些温馨的画面，越发多地浮现脑海，越发地珍贵。今天，如此暖意融融的记忆成为维系我思念远在天堂的母亲的永远扯不断的纽带了！

三个月下来，母亲身子疲惫不堪，脸上却泛起隐约红润，多了淡淡笑意，眼里透出光彩。肚里那条淤肉叫针灸扎得内化了，她说。

您妈那病，也可能是心病，弄不准确我不敢随便下药；但针灸不怕，不会伤人。有一年我回乡探家，见到焦爷闲谈提及母亲的病他说。

最后见到焦爷，还是寒冬，父亲去世我奔丧回家。

父亲去世时我们那还准许土葬，埋到村公墓。土葬挖墓穴讲究看风水，我匆忙赶回家二哥交给我的第一件事，就是去请风水师为父亲选墓穴。

“请谁？”我问。

“焦爷啊。”哥说。而我却一点儿也不知道焦爷竟还精通此道。

哥说，上世纪七十年代末的时候，村东老王的儿子从部队复员回村，因他在部队曾接受医技培训，在团卫生所当卫生员。大队刚好成立医务室，就先送他到县卫校，作为进修医生培养后正式指定他担任村医务室赤脚医生。那时的乡村医疗几乎免费，焦爷被逐渐边缘化，很少有人再找他看病。于是，他开始痴迷看相、推命、算卦之类的书，村里和周边村庄谁家修屋造房或红白喜事，他就被请去选日子、看风水。

残雪斑驳，曾经栽满桃树的潴龙河堤，枯草遍及，死气沉沉。村公墓就是河堤东侧那处高高的土岗，树枝光秃，碑石林立，一派阴森。我把焦爷带进公墓区里，请他为我父亲的墓穴定基线、选方位。他手持罗盘、皮尺，佝偻着腰，一声不响地测量、计算，偶尔，对“土工”指指点点，或拉线打桩。岗上风大，他花白的头发被风吹散开来，而脸上却热气直冒……

风中，我的眼里怎么就充满了泪水，迷迷离离，是失父的悲痛还是被焦爷忙碌的身影所感动？

考 军 校

那时，我在古城西安某部卫生所当兵，是我入伍的第二年，也是军事院校实行统考招生的第二年。阴历二月头刚过，灰蒙蒙的天开始变得明丽爽朗，古城上空弥漫起轻淡的初春气息。记得是星期一的上午，我正在锅炉房给手术器械消毒，局周政委推开门，顶着呛人的油烟走进来，拍着我的肩亲切地问：

“小谢，今年军校招生开始，你考不考？”

政委常到我们战士中间问长问短，并不陌生、拘束。我沉思片刻，摇摇头：

“政委，我数理化基础差，怕是不行。”

“下些功夫，还有半年时间，可以通过复习巩固提高嘛。”政委鼓励我。

从煤油炉里蹿出的火苗湛蓝，而映在政委的脸上却是彤红彤红的，望着他充满慈爱和期望的眼神，我身上阵阵发热，心想，可不能让这双热切的眼睛失望啊！于是，我朝政委点点头。

可是，冷静下来我心里却又不住地发怯。在中学我偏爱文科，理科基础一直薄弱，而军校不设文科。到底有多大把握？我在心里嘀咕。毕竟是底气不足，打开书那些公式定理仿佛从未见过似的，懵懵懂懂。照这样下去，恐怕临近考试也复习不了一遍，我有些泄气。

是一个明月如洗的晚上，政委带着他上高中的儿子小明忽然来到我宿舍。这时，春的气息已是十分的浓烈，窗外蓊郁的各色鲜花灿然开放，花香飘进屋子里，和着淡淡的药味儿，温馨宜人。政委换了便装，神采奕奕的。他坐到我的床沿上，细心询问复习进度，翻看我做的笔记。末了，他站起身风趣地说：

“我把小明带来，从今晚开始，每天晚上免费为你辅导一小时，开开小灶。”说完，他向儿子交待了几句转身离去。

我呆呆地站着，心底涌起的热浪几乎濡湿了眼睛。因为我知道，小明高中即将毕业，七月份也要参加高考。

距考试进入倒数计时时间，经过小明几近半年悉心辅导，我把复习内容来回细心梳理过几遍，基础知识基本掌握，心里这才踏实些。

“你要常出去走走，换换脑子嘛。”临近考试前十天，政委特意提醒。

“这是决战前的心理放松。”我很敬佩政委的博学，便向所长请假打点行装，欲到三百里外的华山做三天的旅行。出发时我突然想，糟了，时事政治还没来得及收集资料呢。我出了身冷汗，心里责怪自己太大意，竟光想着数理化，忘记留心半年来国内外的大事儿。怎么办？我沮丧地放下行李。那时政治考题相当一部分是时事政治。

华山是去不成了，我忙把半年的报纸翻了个遍，要么有关报纸被人收集了去，要么早被人“开天窗”剪了去。平时，单位政治学习抓得紧，人们大多养成收集资料的习惯。第二天早上，我无精打采地伏案默写数学公式，虚掩着的门被轻轻推开，尚未作出反应，政委在我面前放下一个本子后悄然离去。我打开本子，内里夹着报纸剪贴，并附着张纸条：“这是我为你和小明收集到的时事政治资料；青年人要注意关心政治。”

我扭头看那房门，它已被关上。走廊里政委沉稳的脚步声隐约远去，我温热的眼泪终于滴落到书页上……

这年八月，经过初试、复试、统考，我被某军校录取，小明也考上一所名牌大学。当我拿到鲜红的录取通知书，第一个想到的便是赶快将这消息告诉政委：假如说是考取军校改变了我人生的命运，那政委便是改变我命运的推力人。

我的兄弟东

我和东同岁，虽分住在两座村子，却一同上小学、初中和高中，一同入伍。他肯吃苦，有个性，发生在他身上的那些事儿，令我至今都记忆犹新。

1

运送新兵的闷罐车，在华山脚下的潼关站把我们甩了下来。这时候潼关落雪了。

开始时，雪片密密匝匝，像浓春时纷飞飘落的柳絮，却又胜过柳絮的稠，也就是从火车站到营地的半个时辰，黛色的华山便银装素裹，白得扎眼。第二、第三天，雪还在落，丝毫无停的迹象。如此我们的新兵训练就唯有伴着落雪来展开，但并不先学立正、稍息，而是教打背包和紧急集合。那年二月刚同越南打过仗，我们虽在战后的年底入伍，部队却仍在备战，紧急集合是必须首先学会的。

我们这拨新兵百人不到，来自相邻的两个县，多同村同乡，所以大家彼此都不觉陌生，甚至有的沾亲带故，我和东便是其中的一对。我俩是表兄弟，东长我半岁，也高我半个头，且吹拉弹唱书画样样行。拉歌当指挥，联欢作歌手兼主持，又担任伴奏。办墙报开座谈会也都难缺他，不多久他就成了新兵连的小红人。但有一点，他的一切得听我的。因为我虽然不及他有那么多特长，但我是副班长，我俩同班，除去训练，吃喝拉撒睡得由我管着，外出寄信或者到连部抄抄写写也得向我请假。有时，训练中班长若有事由我代替行使职权，若发现他动作有错，踹他一屁股蛋他也不敢吱声。训练场上绝对不讲兄弟感情。班长是位老兵，只管训练：每次会操，只要咱班得第一，我就是好班长。他说他懒得管那么多七七八八的杂事。

这天过周日，傍晚时分天又开始落雪。但不像刚来的那场，雪花呈片状，鹅毛似的，飘飘舞舞，而是一粒粒的小圆球，直绷绷下砸，稀稀疏疏，落了半晌，远看隐白近观却无。到了该开班务会的时候，偏偏怎么也找不见东。新兵连设在紧靠华山的农场，除却宿舍、伙房、仓库、猪圈、停放农机具的车棚，空旷无际，巴掌大的地方我和其他七位新兵地毯式找过三遍，亦无踪影。

“这小子会不会跑回家，当逃兵？”班长觉得不对头，不得不向连部报告。

没准，天寒地冻，风雪交加，训练场上一站就是一身雪。有时站军姿半个小时不到，枪刺上都挂了白，“大雪满弓刀”在这里得到真切的写照。这等辛苦加上南方边境仍弥漫着的战争气息，难说个别新兵会不会有想法。

老兵怕号，新兵怕哨，尖啸的紧急集合哨陡然扯裂夜色，越听越让人感到惊恐。除我们班知道缘由外，其他各班新兵均不明其故，来不及找背包就抱了被子朝外跑，也有戴歪了帽或趿着鞋的，乱糟糟溃不成军。因为大家早掌握了紧急集合的规律：要么刚睡下，要么起床前。谁也没想到晚饭后会紧跟着来这么一招。

全连人踏雪而出，分片包干，营区里顿时热热闹闹。而东被我们找到的时候，正跪在拖拉机棚后墙根雪地上，向着东北方祭拜。那是故乡的方向。

“你这小子，搞么子名堂！？”我陪东走进连部，湘籍连长气得直甩帽子。

“我……”东眼圈发红，哆哆嗦嗦。

“来，站这边慢些说。”指导员到底不同，沉稳老练，将我和东拉到火炉旁，又端过两杯热茶。

“我在祭拜李老师。今年秋天家乡涨大水，李老师晚上来给我们补课，回家时被洪水冲走了。今、今天是他的百天忌日……”东唏嘘哽咽，眼窝里聚满清泪。

窗外，雪下得大了些，不远处华山上旧雪未消新雪又至，其轮廓愈显清晰。而屋里炉火正旺，暖洋洋的。东平静下来，身体向炉边靠了靠，把冻红的双手放在炉口上方，我和指导员却被他的述说深深地打动了。李老师我也是熟悉的，入伍前几个月在学校补习，我和东虽不同班但同校，李老师也为我们上过物理课，他的遇难曾使全校师生一度沉浸在异常悲痛的气氛里。

晚上，躺在我身侧的东睡得深沉、香甜，从均匀的呼吸和喃喃梦呓，能够看出他心灵的纯洁与宁静。我却辗转反侧，张大着眼仿佛要看穿夜的黑暗。我怎么就没有东的那分情思，那分内心的高洁呢？整个夜晚我都在问自己……

屋外，雪还在潼关川里飘落，寂静中甚至能听到它扑打窗棂的细响。不知怎的，看到挂在窗外玻璃上的雪，我的心突然就舒展开来，竟有如释重负的感觉。可是洁白的潼关雪飘落在了我干涸的心田之上？

2

人可以知道自己的出生，却不能预知自己的死亡。尽管人们避讳和讨厌如此之类的话题，而潜意识里或许每个人都会不止一次地暗自揣测。自从东患上癫痫这种难以治愈的疾病后，我和他都曾严肃、悲哀地卜测过他离开这个世界可能出现的情形，但我俩都没能猜对。

东生前多次对我说过：“人更多地应该思考的是生命的过程。”说这话时他尚未生病。

东是我的兄弟。此刻，我深切怀念早年辞世的他，泪水就成了从笔管淌出的墨。

四十而不惑，我和东同庚，今年满四十岁。悲哉，东四十而亡！但我相信这并非天意。

东住邻村，因为村子不大，小学仅设四个年级，五年级就要到我们村走读。我哥和他哥曾是当时两个村毛泽东思想文艺宣传队的演员，经常同登舞台。他俩是我俩相识的媒介。

我的第一个感觉是，东不像农村孩子。他的目光、举止和说话口气有城里人那种特有的气质。

早慧的东学习成绩并不怎样，他喜欢吹拉弹唱。而最令我觉得不可思议的是，东竟敢喜欢女孩子。那时我们都才十四岁，上小学六年级。秘密当然是东私下告诉我的。记得在放学路上，他悄悄把我从同伴中拉到路旁，贴住我耳朵喘着细气，说：“我给玲写了纸条。”口吻得意，透出真诚，不像有意去逗女孩子乐。

“干啥？”我懵懂地问。玲是我们村支书女儿，坐在东前排，瘦高、白皙、文静，眼大、发黑，颇得同学羡慕。

“约她看电影。”这样一说，我便懂了东的用意。农村那会儿刚传开自由恋爱，东便很快学会了。不过惊异之际，我弄不清为何东一定要约玲，而非别的更漂亮、标致的女同学。

答案是东在同坐闷罐火车到西安当兵途中告诉我的，时隔六年，我俩都往二十岁上数。

“咱那地方，谁的官最大、最有权？当兵、当工人、当生产队长、会计哪样不是支书说了算？”东忿忿然。玲根本就没理他那纸条的茬，过罢暑假上初中，她择业而就，尚未毕业就进城当纺织工去了。

命运，似乎与心智紧密相连。

就说这回当兵，假如不是东用尽了“心眼”，恐怕我俩很难同坐到这一节闷罐车厢里。

我和东前一年参军都报了名，因被火烧伤脸我无法应检。东是在被查出疑似高血压和近视时遭到淘汰的。一年后我俩再度报名，到县医院体检，我顺利通过。颇有心智的东就早早先来到查视力的五官科，隔着玻璃窗一个一个死记英文E缺口的朝向。东的诚意感动了上苍，查他时下方那几行小黑E，不知何故医生压根就没问。轮到查血压，也不知东从那儿打听到的“破法”，憋足劲灌下整整一军用水壶冷水。他说冷水降血压，竟侥幸过关。一九七九年底我和东双双来到西安当兵。

这是我和东都没想到的，看见那高楼、那色彩缤纷的人流，我俩就热血沸腾。我被分到小雁塔下的某部物资局当卫生员，东则去了离大雁塔不远的一家部队干休所。令东不甚满意的是，他只负责为离退休老干部服务的扫地、打水、站岗等工作。

而东的性格中或许压根就没有向命运屈服的因素。

大概只几个月，我去看东，他的桌上堆着一摞写满文字的稿纸。东说："我要去拜贾平凹为师，他的小说写得真美！"我也听到西安城中有不少人在议论贾平凹的小说，似乎还挺激烈。在这里我应该感谢东，虽然从小学到高中我的作文一直在班里当范文，那时也很想有所作为，但从具有勇气到变为实践，是受到东无形之鼓动和启发的。人之相助，有时并不需要语言。东后来是否如己所言，去拜见贾平凹先生，我不得而知。因为时隔不久，我考入军校远离西安，断断续续学习写作，却没听到东再写任何文字的消息。

两年后我从军校毕业，分配到广州，东则服役期届满，复员回了乡下老家。我们像在部队那样，唯以书信相联络。东的信文字非常漂亮，农村诸多生活不适及城乡反差，令他情绪低沉，字里行间充满悲观意绪。是呀，天生的城里人坯子，命运却偏要将他拽回乡下的黄土堆里。而且，对于当时的东来说当兵是唯一改变命运和人生的出路与机会。我为东感到惋惜，假如读书期间少去和女孩子眉眼传情，他的学习成绩不会差，考上军校的把握可能更大。

东跳出农门的欲望，并未因此而泯灭，到家搁下行李背包，不足一月，西装革履重返西安。临行，东向村里人宣称，他将带回吃商品粮的城里媳妇。

东告诉我他是这样爱上倩的：五·四青年节，干休所警勤连组织他们到郊区一镇上参观，镇团委负责接待，东对其中那位女副书记顿生好感，回到干休所就打电话、写信，约她到干休所联欢，一来二去，东的电话和信就变了调。

倩被东带了回来，消息不胫而走，成为我们那方圆十数座村落的新闻。然而乡亲们热盼的婚礼并未如期举行，倩令乡下人大饱城里姑娘绰约风姿的眼福之后，对东说："我回西安再买几身衣服。"便杳如黄鹤，一去不复返。复员前，东曾告诉倩，他要转为自愿兵，今后就在西安城工作一辈子了。东搬起石头砸了自己的脚。

我正为东的命运着急的时候，一九八四年夏季的一天，东突然扛着一袋熟地黄到广州找到了我。地黄是故乡特产，中药的一种，清火祛热。东大概估计南方天热，人易内生"火气"，凉性的地黄不失为降火佳品。东想的完全对，问题是独自背它而来如何去处置？我同他一起跑市场、摆地摊，顾客不识货，磨破嘴皮无人问津。到收购站人家嫌少，说起码五百斤以上；直接到中药店，计划经济各种药品有正规进货渠道，想要而不能要。走投无路，东扔下足足五十斤熟地黄，空手返乡。我深感内疚，却无能为力，送了一部分给朋友，余下的眼睁睁看着它霉坏在阳台上……

“不会由此而消沉下去吧？”东略显苍老的身影令我在心中叹息。

不过，我不该忘却的是，东曾经身为军人，他原本坚毅不甘被命运遗弃的性格，渗进“兵”的因子，犹如人生淬火，越发坚韧。当然，我的幡然醒悟，是接到东的来信之后。

东在信中说：不必为争得徒有虚名的商品粮户口，而失去人格。致富之路条数颇多，我借钱买了台小四轮车，从济源往咱家拉煤，虽风餐露宿辛苦有加，但收入可观，新房都快盖起来了。这还是要感谢部队那段生活，它使我认识了城市，同时更认清了自身……为学习驾车，我曾把小四轮开进小河沟里……

其实，还有一件事东没在信中告诉我。济源离我们那村百十里的样子，载重两吨的小四轮车连装带卸来回跑须两天，途中外宿一夜。东住的是私人开设的车马大店，可自带面、油、菜做饭，店家无偿提供用火。大通铺便宜得很。半年时日，店老板的女儿竟相中东，未费吹灰之力，东娶回了老婆。姑娘长相像玲，但较玲要精灵。

命运，到底对东是过于刻薄了些，居家的日子刚刚红火起来，东突然患上目前尚不可治愈的癫痫。间歇性的发病，令东痛苦不堪，四处投医，将前些年跑运输挣得的钱花得精光。自此，我和东的对话里多了对死亡的讨论。东是坦荡的，他说：一九七九年入伍那儿会，正是自卫作战，本料会驰骋疆场，马革裹尸，没想不仅打仗的边都没沾上，后来，盖房起屋，结婚生子，说到底命运不曾亏待咱。死不可怕，可怕的是死亡之前对生命的回顾……

那段看似平实的部队生活，把东锤炼成勇士！东和死神都没有却步。死神则以另一种方式向东逼近，他死于去年的一次车祸。

故乡的风俗是，亡故者三年之后方可立碑。三年后，我能在东的墓碑上看到一行什么样的文字呢？

泪　梦

我再次在惊悸不安的梦魇中见到了雷，而且流下了一行清泪。

其实，即便不常做这种令我悲切不已的梦，我也会怀念雷的。其实，我与雷也只不过是同学，所以至今二十多年过去，我如此深切地怀想他，大概因为他使我第一次直面死亡，引发我不得不去严肃地思考生命这个被人们过去、现在、未来，一直还要继续思索下去的沉重的命题。

二十年前的仲夏，我和雷一道考进军校，且同队同班。所不同的是雷来自金陵古城，其父是位海军军官，而我则来自河南乡下，刚从土窝窝里爬出来参军入伍。雷个头高挑，肤色略黑，方脸盘大眼睛，如果再胖些，就会是位典型的山东或东北壮小伙子。与其他城镇学员不同的是，雷沉稳、文静、彬彬有礼、话语不多，言谈举止间充满亲和力。如此，便使我们这些来自乡村憨气儿尚未见褪的农家娃颇觉和蔼，有能够放心接近和搭话儿的感觉。

雷聪敏好学，在有着百多名学员的队里，能及他成绩的也不多。所以，我们这些学习颇感吃力的同学都把他当作“开小灶”的辅导“老师”，再难解的问题也见不到他有丝毫厌烦。最让我折服的是雷知识面宽广，出的一些小主意，往往是令我们摆脱困窘的良方，我还记得这么一件事：

手枪课最后一个阶段是体验射击和考核。体验射击分三轮，每轮五发子弹。从理论到实践，质的飞跃实际上是发现问题和解决问题的过程。打罢第一轮，教员让我自己去看靶，弹着点倒是密集，遗憾的是全部集中在标靶下方五六环的地方，假若计成绩是不及格的。教员说，弹着点集中说明你握枪很稳，眼睛、准星、标靶三者间关系处理的也不错。环数上不去，是因为你精神紧张，扣动扳机不是在不知不觉中，而是在击发的最后一刻用力过猛，枪口点头的缘故。

我回想了一下，的确，刚才一握上装满了子弹的枪就身发抖，手打颤，口喘气，二拇指一触动扳机早把击发要领忘得一干二净，听得别人的枪“叭叭”响个不停，情急之下几乎是连发着把子弹送出枪膛。第二轮开始教员反复叮咛稳着点，我也在心里自我告诫别着急，谁知越拖时间心跳得越快，结果和第一轮相同。这回教员不再客气，把我作为反面例子，举着标靶在全队学员面前好一顿数落，意思是把他的话当成了耳旁风。农村出来的人挺要面子，我当下面红耳赤，难受地想哭。

其实，在练习中我是卯足劲且全神贯注的，也是把教员的话当圣旨来听的。想想，一个农村娃本性憨厚，哪敢有半点儿投机取巧的非分之想，未按他讲的要领去做，纯粹是生理反应和心理素质不过硬的缘故，一想起枪膛飞出的将是能致人于死地的子弹，心就止不住要发毛。

“你过来一下。”

第三轮射击即将开始，雷把我叫了过去。

“在举枪之前，你先镇静一下，把教员教的要领回想一遍，然后缓慢地深吸深呼几口长气，心跳就不会那么快了，精神自然会放松。”

照雷所说的做，果然第三轮成绩出来连我自己都不敢相信，四十五环，最后考试四十七环。讲评时，教员不无赞许地说矫枉必须过正，要批就得狠点，该同学由倒数第一变为正数第一，就很能说明问题。教员振振有词，我心里格外清楚，若不是雷教我通过呼吸调节情绪，很难说我会不会像前两轮一样，找不到任何的感觉，所以，我在心里由衷地感谢雷。

雷住院是被我们硬拉强拖进去的。入冬之后他天天捂着肚子上课，出不了操也无法值日或干些公差勤务，老说胃疼。开始想，大概他是南方人，到了冬天不适应寒冷的气候和粗粮颇多的饮食，胃寒加之消化不良，住几天院或许会好起来。

医院就在学校隔壁，我受班长及各位同学委托，每天晚上前去为雷说说当天讲了什么课，布置了哪些作业，并且顺便就前一天他遗留的问题相互讨论一番。北方的夜晚，窗外漆黑，寒风阵阵，浓浓的萧瑟之气把整个夜空笼罩了起来。病房里只住着雷，柔和的灯光投射在墨绿的墙裙和洁白的天花板上，静谧温馨。雷已略显清瘦，脸色显出几许苍白，有了憔悴之感。但眼神炯炯，洋溢着难得的病态中的青春气息。雷枕边堆满了书，一只用桃木雕刻的虎头放在床头柜上。它被雷的手磨蚀得光滑圆润，尤憨态可掬。雷属虎，他在企盼吉祥还是以此在寻找生命的象征？屋里放着暖气，处在如此温存的氛围之中，人也被暖出几分精神。或是雷的虔诚之心感动了仁慈的上苍？医生说雷得的只是胃炎，注意饮食再吃些药便可。雷的出院令沉寂了半个多月的宿舍里重有了说笑声，因他住院中断的全班扑克牌、象棋赛继续进行。雷象棋下得不错，人缘好，班里甚至包括队里的一些文化活动的开展，他多是发起人。

学校坐落在华北平原一个省会城市近郊，所以当天空扬起了瑞雪的时候，大地银装素裹，整个城市除偶尔听到一二声汽车喇叭的鸣叫，静谧得像童话中的世界。学校即将放寒假，大家都在准备考试，雷再次被送进隔壁那家医院。这次，他已不仅仅胃疼得厉害，而且开始便血，显然病情反复并愈来愈重。遗憾的是我们大家都没有时间再去医院照顾他，只能利用短暂的午休到病房问候几句，了解和关切一下病情。

在考试结束大家正准备上街购买回家年货的当儿，雷被他父亲先接回南京去了，我们竟也没能赶去送行。从电话里得知他回去后没进家门而直接住进医院，当然，年也是在病房中过的。春悄然而至，校园后面的桃树林和梨树林，相继鲜花绽放，或粉红如霞或洁白似云。这样的季节往往令人忘记痛苦、疾病和悲伤，我们都期待着雷在如此浪漫、春意盎然的日子里尽早痊愈归来。

记得晚春的一次晚饭后，队里突然吹哨集合开会。我们以为又是检查卫生被查出什么问题，或有什么紧急的事需要及时通知讲明，对于此，大家早已习以为常。但当队干部一声口令，让我们立正脱帽，面向南方肃立致哀时，方知雷已于前日去世，刚刚二十岁零几个月。他最后被确诊为胃癌。没哀乐，百多人的会议室寂静得如空无一人。不知何时，两行泪水顺着我的腮边悄然落下，心一阵阵地颤抖……以后的一段时日，我的脑海始终被雷的音容笑貌所占据，而且对生命如此脆弱的思索总也挥之不去。对雷的去世我怎会产生这么强烈的震撼？是因为同学之间那份真情，还是因为我从此学会了对生命的拷问?

之后，雷走进了我苍灰色调的梦中，每次梦到他我就会流一串或冷或热的泪。

观三君子作画补记

业余写作，结识了数位文友，在他们的引荐下，又相识了数位书画家。我对于书画可说一窍不通，但却喜欢观赏书画家作画书写，有时也携几幅回家，无甚事时拿出来品味一番，自有乐趣。这日阴雨，写累了文字，便又将柜中字画拿出赏玩，这就想起连登、任斌强和罗序伦三位先生作画的情景来，睹物生情，禁不住要写出几句话，权作忆旧。

1

连登是广州书画研究院的院长，已五十岁，身高而瘦，话语绵软，温文尔雅，大概是多年的字画生涯磨练的吧，很容易和人亲近。首次看到连登先生的画是两幅，一曰《英雄赞》，一曰《愿教天下卉，相兴展其才》。《英雄赞》画的是木棉树，身姿挺拔，枝桠苍劲，花朵硕放，和平鸽展翅欲飞。细细观赏，令人神情鼓荡，顿生豪迈之气。另外一幅则给人以温情之美：修竹青翠，苍石如摆，荷叶承露，花繁枝茂。两幅画都高约一点五米，宽五米，可称巨制，一左一右，阳刚阴柔相间，给人的印象很深。

我想画画和写文章有同样的道理，魂在生活。若对生活缺乏深刻的理解，断不可能用笔墨将一景一物表现得形神毕肖。数十年来，连登即关注自己的笔法、墨法、章法，又不为技法所局限，利用工作在公园百草花卉间的得天独厚，潜心观察，挖掘生活本质中的纯美，画风越发雄健奔放，赞赏者以为他的画笔有生活，墨含神韵，愈来愈接近大家风范。

连登先生生长在书香世家，其母亲与书法大家赖少其等同辈，西洋画功底厚实。受母亲启蒙，他五岁学画，十岁即办画展，二十岁入广州文史夜学院，专攻花鸟。他注重写生，长期潜心四季花木生态、鸟禽动态观察，无拘野花闲草，抑或丑石浅水，不分高低贵贱，均熟稔于心，信手挥洒。由于他的博采众家之长，画技扎实，观察力敏锐，使他的画形成笔墨生动有韵、墨色丰富多彩的独有风格。其铺墨深浅、浓淡、干湿、明暗各具心机，变化奇妙而顺乎自然。

我散文拙作集《心踪·游踪·神踪》的书名是连登先生题签的，荣幸之余，又不得不为他亦擅长书法而钦佩。因为这里只记画，有关他的书法只好略说几句。他尤以隶书和行书见长，笔划遒劲、老到。常听人说，他的字要胜过他的画，在我看来他的书和画相得益彰，各有造诣，又融为一体，难分长短。先生还身兼羊城艺术学校校长，已历时十六七年了，培养几代书画人才，更深受书画界同道称赞。

2

任斌强便是连登先生的学生、高足。作为入室弟子，他是很有出息的。我见到他时他才三十岁出头，既是彩瓷厂厂长，又身兼广州书画研究院画家，是特别聘请的。任斌强九岁即投师连登，专攻工笔画，二十三岁入广州中国画协会，年龄最小，二十四岁任羊城艺术学校工笔画教师。同年，创作大型画作《金陵十二钗》，高悬于泮溪酒家。二十五岁与连登、何必芬共同创作长二十五米、高二米的巨型工笔绢画《红楼叠翠》，置于广州第一家五星级宾馆——白云宾馆二楼宴会大厅。三十岁，开办艺宛彩瓷厂，成为广州画家兼企业家第一人。其产品远销意大利、伊朗等西欧、中东国家。原广州黎子流市长出访加拿大等国，携带的礼品中就有他的画。

观三君子作画补记

三十五岁，他的画开始走向世界。他制作的彩瓷工艺品曾获全国旅游产品一等奖；香港、澳门几乎年年选用他的画出版挂历；他还参加过不少画展，屡屡得奖。

工笔画，由于其用笔工整，注重细节描绘，易造成运笔迟滞，画面呆板，出工不出活，令不少画家望而却步：“能画十幅写意，不画一幅工笔。”而任斌强则有不同看法：其一，以表现力论，工笔画最为接近生活，也最能艺术地表现生活和还原生活；其二，以作画技法论，工笔画是诸画法之基础；其三，功夫在画，白描工笔更是功夫之功夫，欲赋任何一种画作以生命力，工笔白描不可或缺。

所以，任斌强学画、作画二十余载，既遵循传统，师法于师，师法于自然，却又不拘泥于此，注重感情投入，以情立意，以情催笔。在技法上，重写而忌涂。写画，能写出轻、重、节奏，写出灵气；写包含了感情。而涂画，则是机械地描摹，无感情且是麻木的。

没有生活，写不出变化。任斌强在细心研读前人画作，揣摸名家画理的同时，不忘学为我用，向生活讨教。他用更多的时间同恩师连登一道，游历名山大川，审视一草一木，一水一石，以求落笔笔笔有新，成幅幅幅有别。尤其彩瓷厂的创建，更为他的创作提供了良好的实践场所，技艺日臻成熟。画家们评价他的画，手法上有宋、元遗风，但更接近大自然，生动且有灵气。对于并不懂画的笔者来说，读他的画无论巨制还是小品，皆气势磅礴，新意饱含，亦庄亦谐，怡心怡情。

任斌强的最大愿望是办独立的画展，凭借他的追求和毅力，有名师辅佐，那是指日可待的。

3

艺术的真谛在于创新，这对于每位真正艺术家是不言自明的。话说起来十分容易，而具体到怎样创新，就不是件易事了。比如梅、竹、兰、菊“四君子”被画家们揣摸创作了数千年，作为现代画家，欲法古而不泥，几乎是无路可走了。然而也事在人为，在于人是不是真正地能静下心来孜孜以求，探索艺术规律，独辟蹊径。中国华侨书画联谊会长、著名国画家罗序伦先生就做到了这一点。所以，他的画一直为人们所称赞、索取。

这是羊城的午夜，在白云山东麓麒麟酒家的一间套房里，茶香和着墨香四下飘逸，壁灯亮丽，温馨笼罩，应我之邀，罗先生试作一兰花。斟墨、铺纸、洗笔，然后端立案前稍许凝视，饱蘸墨汁，落笔于三尺素宣。一条条墨线，气灌神注，跃然纸上。而所不同的是，罗先生的用笔，却反其道而行之。照一般画法，画兰的叶片，笔由下而上，线由粗至细，墨由浓趋淡。他是先将笔端置于宣纸上部一定位置，然后逆腕反转，逆锋其笔，挫势而下，挥动不停，干净利落。转眼功夫，一丛葳蕤挺拔，意态优美的兰草，仿佛从石隙或泥土中茁壮生出，充满活力。

一条墨线，功力毕显。美学家王国维曾认为，艺术能做到“以境胜”不易，能做到“心意胜”更不易，要做到“意境皆胜，物我相浑”则难乎其难，因为唯其方可称“境界”。运用于绘画，我想除却画家的神情气质，学养和修持与笔下纤意同息相呼，同乞相应，联袂成章，而若要出落成别一世界，则须心裁别出，多有创意，色彩、结构、一点一线，甚或运笔之取势，概不拘泥于古法。

正因为罗先生唯标新为主旨，所以他笔下浓淡相间的墨兰，如呼如笑，如沐浴春风，像附着精灵，起势欲振，暗香披离。观之，仿佛有一股生命的暖意从空谷中腾起，直撞向你寂静的心扉，神情为之鼓荡。在午夜的静穆中，整个屋宇也仿佛因这兰的拔地而出而喧腾起来。

“入乎其内，出乎其外”，冲破经典往往意味着再创经典，突破“幽”趣。罗序伦先生于一茎兰蕙之上，立创新法，诚为可贵。

敬君三杯酒

著名作家贾平凹先生长篇小说新作《古炉》在广州与读者见面并签售，由青年文学评论家、中山大学教授谢有顺牵线，晚上我得以在荔湾湖边的泮溪酒家宴请他。是夜，酒家庭院彩灯闪烁，湖水含辉，尽管食客熙攘，却未有人识出平凹先生，我们一行七八人鱼贯而入，悄悄步入三楼一间宽敞厅房。平凹先生自然居中落座，我和有顺坐他左右，陪同的尚有先生《古炉》责任编辑、人民文学出版社的孔令燕女士等数人。

宴客，自是要敬酒的，待汤、菜上齐我端起杯按北方人规矩，先敬平凹先生三杯。

端起酒，我对平凹先生说：先敬杯圆梦酒。先生疑惑地望着我，似有不解，因为在这之前我们从未接触和交流过。但为什么如此说话？这要追踪到三十多年前。

上世纪八十年代初，我在古城西安当兵，因为对文学怀有天然兴趣，看了些小说、散文，就开始胡乱地写。其时，平凹先生大概正在一家报社副刊当编辑，已写下大量散文和短篇小说，在国内属知名青年作家。我和另一位同样爱好写作的战友就在一块商量，找个机会到报社去拜访他，并没什么明确目的，只是想结识心中偶像而已。岂料，事与愿违，未等我俩成行，第二年夏天我便考入军校，到石家庄就读去了；而我的那位战友过后则复员，回到故乡河南。

平凹先生后来写的书愈来愈多，小说和散文各领风骚，成为当世之大家。而我之后尽管上学、就业、调动，铁打的营盘流水的兵，四处奔波，却为心中那点奢望的文学梦想而一直关注着平凹先生。那时虽然拿战士津贴每月七元，毕业提干每月六十多元，不过，只要看到他的书就一定会买。尤其读他的散文，爱不释手，有的篇章几乎能复述。后来，我自己写报告文学、散文、散文诗，也写小说，并开始出书，但能见平凹先生一面的愿望不仅没有泯灭，我还把这强烈的想法写进有关文章。

平凹先生一直聚精会神倾听着我的述说，我就又把随身带来的我的那本散文集递给他，翻到那篇文章。先生仔细地看，一向不苟言笑的脸上露出些许如意神色。

“我，不喝酒，大家都知道，但今晚得表示一下。”平凹先生亦端起杯，站起身，在我一饮而尽的时候，他抿了抿，但我看那酒却分明有所落下。

前一天晚上，有顺教授明确告诉我可以约到平凹先生。之后，我便在琢磨该送先生一件合适的礼物，以作为这次见面的纪念。我几乎整个白天都在寻思，对到底什么样的才算合适仍没个主意，直至临出门方匆匆从抽屉里抓出块石头。

基于平时对先生的关注，我知道他爱好收藏古件和石头，但这时我并不知道所要送的这块他是否喜欢。

荔湾湖沿岸的霓虹灯把湖面映照得影影绰绰，流光溢彩。隔着玻璃看到窗外踽踽而动、闲适轻松、你来我往的人群，似乎还能听到远处飘来的悠悠粤语小调。借着他人也在向先生敬酒、闲叙的空当，我向着窗外张望，心里却在想着敬第二杯酒时该怎么说。

“孔子的弟子见他都要带上腊肉，几千年了，我也不能免俗，这块石头送给先生。先生即老师么。”我从提包里掏出那石头递给先生，又举起杯。

“哦，啥石么？”平凹先生接过那块巴掌大的石头，眯着眼端详，并用手掌来回搓抚。

“肇庆老坑石，做端砚的料。现在，据说挖老坑石的洞坑都被封死了，得到它还颇为不易。”我说。

那是前段时间，亲戚为我在肇庆定制一方茶盘，花钱近万。拉货时，我到他屋里去讲价，老板不依，说，你定的这方块头大，料上好，由我亲手操刀，精刻细雕，货真价实。见他说得诚恳，我便不再坚持。

“不行，就送你块老坑料吧。”他见过意不去，便撩开床单，从底下一堆石头中挑出一块，递给我。

这块石头已经过初步打磨，表面极其细腻光滑，摸着温润若玉，尽管我不甚懂得看石，但也能感觉到它质地的非凡。

“老师，这石头在我这顶多是块顽石，到你那它可能就会变得有灵性了”。我又说。

“我再抿一抿吧。”这第二杯，平凹先生未再推却，又被他喝去三分之一。

欲第三次举杯，我先就犹豫了，便悄悄又放下：我对我即将要说的第三句话尚拿捏不准。我不知道，说这句话平凹先生爱不爱听，接不接受。

我并非专业作家，尽管出过六七本书，并加入中国作家协会；更非文学评论家，涉及到对一位当代知名作家的崇敬和尊重，我得出言谨慎，反复斟酌。这是在公众场合，也是我几十年来关注先生的心底之语，可以不计较他人的看法，但必须关照到先生的感受。

在当今中国文坛，平凹先生的作品其风格独树一帜，叙述故事的方式和语言运用创新屡屡，且影响力长盛不衰。继《秦腔》获茅盾文学奖，新近出版的《古炉》结构繁复，语言繁复，读起不免吃力，须用尽心，却仍获得读者好评，在排行榜中名列前位。

“我们也要敬你酒的。”有顺教授和其他几位陪同纷纷走向平凹先生，并且边敬酒边合影。

“那，我只能端端杯子了。”先生抱歉地说。

大家相互间亦开始敬酒或茶，大声地说笑；闪光灯明明灭灭，厅房里骤然热闹起来。我觉得这才是喝酒的气氛，最好再有一二划拳声相伴。待大家间隙平静下来，我还是举着杯，站起：

“先生，愿文坛上您的这面旗帜持久地飘着，红得更艳。”我是鼓足了勇气这样说的。

“哦?”先生瞪大了眼，看着我。

我也看到了他目光里诧异的神色。

我说的并非酒话，我在心里说。

“来。”平凹先生举杯与我的杯轻轻相碰，喝完了杯中剩下的酒。

荔湾湖的夜色，依然在窗外炽热地流淌。

巷深笛声远

福州市南后街，宽不过丈余，长不足千米，却深藏着一个不俗的世界，是闽南文化主要发祥地。福州城区著名的“三坊七巷”就集中在这里。走进这个区域里来，犹如走进秦岭以北那块广饶的土地，秦砖汉瓦俯拾即是。“三坊七巷”里有辑录不完的典故传说，亦有数算不尽的古今名儒学士：梁章钜、林则徐、冰心、严复、高士其……而前福建省文联副主席、作协主席郭风，则是至今仍居住其中的享誉国内外的散文大家了。

1

郭老居“三坊七巷”之黄巷。“使君坐啸台楼晚，肯忆山人巷姓黄。”黄巷在南后街中部，西通衣锦坊。巷名因晋永嘉年间中原黄姓人氏避乱入闽，落户巷内而得。起初，黄巷在“三坊七巷”中并不闻名，到唐代，崇文馆校书郎黄璞退隐归居巷内，因黄璞是当时知名的儒贤，深受民众尊敬，巷因而得名。农民起义领袖黄巢率大军过福州，慕其名，遂令其部下“以璞儒者戒无毁，灭炬而过。”此后，巷名尤隆。或许是历史之巧合，自古至今，黄巷多为儒林学士所居，堪称人文荟萃，学人济济。郭老现所居的黄巷三十六号，即为清广西巡抚兼署学政、一代学人梁章钜旧居。

梁是清朝重臣，与林则徐友情甚笃。鸦片战争前夕，他在广西任上配合广东的林则徐，销禁鸦片不遗余力。他又是一介名儒，一生为官则爱民，闲居则著述。他五十八岁时辞官隐退，闲居黄巷四年，这一段家居，将其著作编成多种文集，垒起竟有等身之高。

不过，郭老现在居所并非章钜旧屋，而是福建省文联在其旧址上于七十年代后期新建的楼房。我是在夏末秋初一个炎热的午后拜访郭老的。幽幽黄巷基本保持着历史旧貌，三尺余宽，两旁房舍皆红色，建筑风格亦趋于一致，房头门、风火墙，且“绿杨春接两家园”，家家户户椽头相对，屋檐相接，极少有空余的闲地。

文联宿舍楼起五层，虽不算过高，但四周低矮平房接连成片，它就显得鹤立鸡群了。郭老住五楼。我的叩门声是和远处“三坊七巷”保护改造工程的打桩声同时敲响的，而开门的正是郭老。老人身材不高，虽已七十有六，鬓发飞霜，却腰板挺直，神清气足。我是初次造访，老人格外热情，人未落座即端过一杯清茶来。这是一间老人的书屋兼客厅，陈设很是简单朴素。地板胶铺地，木质白色天花板已略略泛黄，临窗地柜也是木质的，上摆一台二十寸电视机，外加两只藤椅，仅此而已。值得珍视的大约是靠左墙壁那巨大的书柜了，顶天立地，仿佛这堵墙非砖垒而书筑，整个屋宇的文化气息一下子便被烘托出来，令人顿生钦敬。

自然，我们这一老一少的交谈是离不开文学的，偏重散文，却又不局限于散文。我记得郭老说：散文还是朴素些好，我们都是普通人，作文高谈阔论，读者不愿看，作者亦非有那浓厚的生活积累和问题思考，难免做作。这使我联想到郭老的散文。他的文章一向浅淡相宜，生动亲切，尤《叶笛集》充满闽南乡土气息，却又不失磅礴之势，是其代表作。素极则雅，郭老是深得散文写作之巧妙的。

“我不提倡文学的轰动效应。文学作品是长效的、永恒的，不能像电影和电视搞轰动。作者还是要寻找适合自己的创作途径，潜心读书写作，一夜成名切不可取。”郭老初时写诗，后觉写诗不适合自己，改写小说，小说也不那么得心应手，就又作散文，终成名家。

“文艺发展和经济发展不一定同步，或超越时代，如鲁迅先生

《阿Q正传》，那时的社会经济相当落后，但这篇小说写得却很好。阿Q精神谁都有，而能写出这种精神的唯鲁迅。抑或滞后于时代，它不是当时提倡什么就能写出什么的。作品与时代紧密相连，但不是外力所能支配的。”

……

初秋的日子，虽有台风刚刚擦城而过，天依旧炎热，郭老着装随意，不急不躁颇为健谈；兴之所至，常有惊人之语，令我叹为观止。平素，我亦常同文友们攀谈，却从未达到这样的深度，这样的境界，着实叫人回味无穷。老人关心文学，关注社会的热忱便可见其一斑了。

我是带着深深的敬意离开郭老住所的，此刻，秋阳偏西，榕荫笼日。午睡的人们可能尚未起床，巷子里依然幽静。我独自步行在这古老的巷道里，便觉得有一种声音始终跟在我身后，响在耳畔。我驻了足侧耳倾听，隐约觉得那正是郭风老《叶笛集》里亮丽的笛声，从巷的深处悠悠传来……

2

世人中，能让人景仰的大概是那些充满生命魅力的人了。我不时这样想。

年三十和初一，天都是阴的，初二方云开日出。新春的阳光纯和而明亮，使处处张灯结彩、人群熙攘的福州城，过年的气氛陡然浓烈。“走，去给老散文家郭风拜年！”我邀来两位同学，踏着古榕筛下的斑驳光点，走进南后街黄巷郭老寓所。还在广州时我就想，这次出差福州，一定再去探望郭风老人，坐在他的面前，他那慈祥而饱经风霜的脸庞，能使人感受到慈爱，阅读出智慧。而聆听他用带有闽音的话语叙说为人为文之理，酣畅淋漓，拨云见日。郭风先生是充满生命魅力的人。

登上五楼，叩开门扉，在那间书房兼会客厅，我迎上前去，又一次紧握着老人的手，互相端详，互祝新春。这时刻阳光正透过窗棂，把屋宇里辉映得热烈、亮堂，老人较之去年夏天我见到他时更显神采奕奕。或许是初春阳光的映照，他面部多了红润，合体的衣饰衬着满头银发，胸腑中蕴藏着的渊博学识和遍布全身的温文尔雅气质天然而现。

尽管是新年，但在老人的客厅里却一点也感觉不出过年的气氛，女儿携夫婿回莆田乡下去了，儿子此刻也不在家。屋里陈设如旧，无鲜花亦无南方人过年象征吉利的金橘，沙发、书橱、地柜、屏画，寥寥数件，衬出其室内的素雅、清静，空气中飘逸着的书的油墨味道就尤显馨香。先生斜躺于安乐椅里，七十七岁的老人，目清气定，宁静安详，神情泰然，面对着我们侃侃而谈。

和老人叙谈，话题当然最多的是散文。每每向他讨教，均告之以四字诀：朴实、深刻。这亦可从他的文章中体味出来。老人虽然已年届耄耋，却笔耕不辍，文思更不乏机敏，在广州几家大报上常常能读到他的作品，篇幅不长，以叙事为多，但每篇都能使人嗅到闽南乡间淳朴的民风民俗，和对于亲朋故旧的深深缅怀，读来，如饮醇和之酒，如观淡洁朴雅之画。尤是他叙述故事的语言，别有趣味，沉浸在他所营造的语言环境里，像听溪水潺流，低吟浅唱，琤琤有声。

不过，或许是过年的缘故，这天老人似乎有意活跃气氛，专拣些轻松愉快的话题来说。他讲故乡莆田木兰陂浩大艰难的古代治水工程；讲故乡成片成片的龙眼树被砍伐，名曰成立开发区，而至今仍荒芜在那里；讲为医之道（我带去的两位同学均是医学院的学生）；讲“文革”时在乡间接受劳动改造的轶闻趣事，话语所及，平易亲切，令人时有所悟。且旁征博引，话锋频转，偶尔提问一二句，待你正在愣怔，他已缓缓道出下文，于出其不意中，像相声里抖包袱，发笑间新的知识信息已烙印于脑海。

阳光慢慢西斜了，有一束光柱正投射在老人身上，如舞台上的追光灯，笼罩于光晕之中，就有明亮的光泽从他头上银发间反射出来。这时，他宛若一位历史老人，定格在旋转着的人生舞台上……

3

说来奇怪，平时喜欢写点什么的我，对于书画艺术却很少关注。一则兴趣淡漠，隔行如山，有时站到了名家书画跟前，也常常无动于衷。二则才疏，即使偶有观察，或权作高雅，捧一件书画作品回家，悬于堂室，揣摸半天，就是品不出其中三味。

的确，我和书画命中无缘。

但在郭风先生家，情形却不相同，连我自己也说不清，怎么会在短暂的时间里，如此投入地品味他居室中的画，并似有所获。

我再次公差福州，偷得午睡闲空，就携拙作散文集往南后街黄巷郭风家中求教。郭老刚起床，天热，赤背。我贸然踏访，先生毫无准备，便嘱我先在房厅坐候，他到另间房里着衣、沏茶。我就是在这时注意到墙上悬着的四幅国画屏联的。这四幅画都属小写意，纸洁墨清，看得出是新作，但装画的龙眼木镜框却略显陈旧，大概有段历史了。

画幅小巧，我不得不起身靠前，方看清画名：《濠上观鱼图》、《沅水鲇鱼图》、《屈子天问图》、《嶙峋奇石图》。《濠上观鱼图》画得较为轻淡、浅疏，着墨不多。濠岸上一老者，大概是庄子了，衣着懒散，神情放荡，正饶有兴味地赏玩濠中几尾朱色、墨色小鱼。那鱼儿摇头晃尾，悠游自得，颇合庄周此刻的心意。整个画面协调，浅淡相宜，宛若天成，给观者一种却世事之嚣烦，觅自然之温馨的感觉。

而在风格上，《屈子天问图》就不同了，画面上被放逐的屈原，伸臂昂首向天，眉紧锁，目怒视，满腔悲愤。其背景为深浅水墨斜笔所晕染，似狂风吹雨；并在黑云中隐约显现汉简体书写的《天问》诗篇。这样的背景衬活了屈原的伟岸、挺拔，威武不屈，仿佛能听到他面苍天而呼号："日遂古之初，谁传道之？上下未形，何由考之？"四幅画中，这幅最见气势。

《嶙峋奇石图》我看得不甚明白，由落款诗思忖，作者许淇先生作此画，大概是在含蓄地表现郭老为人为文那坚韧不拔，傲骨铮铮，坦荡磊落的精神吧。落款用的是郭敏《题芹圃（曹雪芹）画石》诗："傲骨如君世已奇，嶙峋更见心支离。醉余奋扫如椽笔，写出胸中块垒时。"

不过，四幅画中尤有特色的，当属《沅水鲇鱼图》了。观这幅画，引人之处不在那活蹦乱跳，迸珠溅滴的鲇鱼，而是半纸长跋。跋文说："余辛未春夏，与友南游湘西沅水，买舟溯酉河而抵王村。归途泊凤滩，山雨欲来，急登岸入吊脚楼避之。店主夫妇殷勤劝膳，遂下梯奔江边取网蓄鲇鱼，约斤半，得水泼动珠溅，余写生数帧后，即令下厨。妇不施刀刃手刑之，置鼎沸水锅，佐以嫩豆腐作羹，虽风雨满楼仅助酒兴耳！"这哪里是画，分明是一篇上乘佳构的美文，不过数语，人、物、景、情俱全。不用看画，读着文字，观者已入画中，急切切要啜几匙那喷香四逸却又烫嘴不已的鲇鱼豆腐汤了。由此推知，许淇先生不仅是名画家，亦当是名作家。

告别郭老，复入黄巷，我边走边想，不敢说就读懂了那四幅画，但那画的境界令我多有所悟：屈子问天，嶙峋奇石，做人做文，身上是少不得有铮铮傲骨之气的！

再晤郭风

我先后六次拜见郭风先生，但在记忆里第四和第六次尤为深刻，值得加以追记。

1

我第四次去拜望散文大家郭风先生。前三次他尚住在福州城中著名的“三坊七巷”之黄巷中。这条古巷虽说历史悠久，名气甚大，但郭老的住房狭窄而陈旧，周围嘈杂之声终日不息，不大适合老人喜于清静的那种深居简出习惯，所以这次去时老人已搬到城西的凤凰池新居，房间宽敞，楼层略低，且避开闹市的喧嚣，空气也变得清新而湿润。

时值圣诞，一尊尊穿着大红袄的圣诞老人像，风车、雪树、彩灯，这西方节日特有的景象，将整个城市装饰得别有情调，趣意盎然。但踏进郭老家门，再看不到过去客厅里那只装满书籍的大立柜，仅几只沙发、靠背椅和一张方桌，简朴但整洁。老人刚出院不久，然而看上去神清气朗，眼神还是那么的睿智慈厚，他还坚持要为我们每人倒上一杯热茶。尤使人倍觉欣慰的是老人依然健谈，住院的细节，以致用何种药做了什么样的检查，清清楚楚，并且能说出不少医学术语和新鲜名词，令我这位从事医学辅助教育的人亦叹为观止。这说明老人的心尚年轻，还是那么善于观察和体味生活，这也就不难理解老人虽已年届八十，而长年笔耕不辍的奥妙之所在了。并同时印证老人先前所常常教诲我们的，无论从事何种方式写作，生活始终占据第一的位置。由此，我们还得到这样的启示，那就是我们假如钦敬一个人的学识，倒不如钦敬他（她）的勤思，钦敬他（她）融入和驾驭生活的能力。

说了会闲话，老人从内室拿出两册书来，是他的新作《汗颜斋文札》，一本送我一本送予我的学生。老人心细，他端坐桌前逐一签字。偶尔，他停笔转身认真问我：“你学生名中这个‘昱’字如何读？”

我愣怔片刻，便说：“读‘玉’，太阳升起，日光照耀的意思。”

“昱、昱，我得查查字典。”老人反复诵读，生怕再忘了。

不觉间一个多小时过去，向老人告辞时太阳已衔着了远方的楼顶，染上了浓酽的红晕。回到下榻的宾馆，我拧亮床头灯，轻轻翻开还在散发着油墨芳香的老人的赠书，仔细琢磨那意味深长的《汗颜斋文札》的书名。翻着，老人写于扉页之后的《书名小记》就跳入眼帘。文长约两百字，不妨抄录如下：

如从一九三八年算起，我学文已逾五十载。如今已步入垂暮之年，深知无甚长进，汗颜，汗颜。

我有间书斋吗？我的藏书（应说明，并无所谓珍本）若干橱，大半置于卧室之内，近年将此卧室名曰“汗颜斋”（其实，所居寒舍均可以此命名），以示对于自己之为文为人尚有自知之明。现又想以此“汗颜斋”作为近年所作文稿的书名，个人以为这是适合的。

不过，对于散文之练习，至老未敢懈怠。

我已无心思再去读书里的文章，仅仅这百多字的短文，已够我沉思良久的。这使我联想到老人下午时问到的那个“昱”字。作为他这样一位德高望重的文学名师，如果顾及面子，是完全用不着向我询问的。他的《书名小记》实际是书的序，老人写作了半个世纪，出书五十本，可谓著作等身，也是用不着如此之谦逊的。但是，无论这不足两百字的简记，还是数次同老人晤面，向老人讨教，我都不能由衷赞叹老人那虚怀若谷、诲人不倦的高尚风范的。这，或许也应该是我们所效仿和追求的吧?

我熄了灯，安卧于床，双目则圆睁着。福州街头那四季长青，一株株一行行的老榕树的姿影又重映眼前，并伴随我进入飘飘渺渺的梦乡……

2

二〇〇〇年正月初二，我因为慰问在福州总医院实习的学生，第六次到榕城，动身之初就谋划，抽空要再去探望一直敬爱着的老散文家郭风先生。从一九九四年初夏首度拜望郭老聆听教诲，至今六个年头，算起来这该是第六次前往了。

对郭老我是心存由衷的感念的。记得一九九四年初识，我竟十分的冒昧，不用人介绍，也没提前打招呼，仅凭着他在福州的知名（何止福州，他早知名于国内外了），一路问询过去。对于我的唐突，他亦毫不介意，不嫌酷暑，乃至放弃坚持多年的午休，和我这位陌生的青年倾心相谈，讲了整个午时的为文之道。第二次在牛年正月初二，我带去了实习的学生，他热情有加，这回他说的内容多属为人之道。一九九六年是我的本命年，欲出一册散文集《沧桑无语》，以示纪念。年初，请私假专程去福州请他为拙作题签书名，欣然应允。回穗不久，即收到他的墨宝，令这本小书顿增其色。而更让我感动的是，时隔数月，他抱病住院，于病榻为我的散文集又写来多有赞誉之语的短评，大加鼓励。这年他七十有九。

年里的福州商业味颇为浓厚，为数众多的就着新千年开张的商铺酒家，门前所排列的高大的花篮依旧鲜亮，或插着猎猎招展的彩旗；而且目之所及，招商的横幅亦扯满街巷。古榕还是那般苍绿，并像广州那样，枝桠叶片间缠缀着串串晶亮的灯盏，火树银花……

先生仍住凤凰池文联新居。我先打了电话过去，老人自然是高兴的，数度晤面，他对我已经熟悉了。时间紧凑，说了会拜年问安的话，老人突然问：“又是来慰问学生的吧？”我忙点了头。沉默片刻，他复而补充：“难为你们想的那么周全，学医是较为辛苦的专业呢。”老人学识渊博，去年春上探望他，他才病愈出院，见面就拿医生的职业作了话题。而其实，老人可是一直在艰难地同病魔和岁月做着卓绝的搏斗呢！去福州之前，我已经在二〇〇〇年第一期《人民文学》和《散文》两册杂志上看到他的新作，可你能相信他此时该是八十多岁的人了？

时间不足一刻，不得不握别老人。而他却说：“那就有劳你代我给你的学生拜个年吧，病人以性命相托，他们手里握着生的希望呢！”老人布满褐斑的手并不乏内力，眉发皓白，目光则炯然有神。我是无言以对的，有哪些话语可以表达我此刻心中的感慨呢?我想，还是让我那受到关爱的学生来完成老人所寄予的深切而美好的愿望吧!

顾城遗照

读报得知著名朦胧派诗人顾城魂断新西兰威赫克岛，其时我正在写一篇有关他的父亲、老诗人顾工的文章。因为，在我不长的文学写作生涯中，真正面对面聆听文学前辈教诲的，一是已故作家王愿坚，再就是顾老了。不想，文章尚未动笔，听到顾城去世的消息，不得不改变想法来写写他。而其实我是通过顾老略知顾城生平一二的。

是一九八九年六月中旬，解放军总后勤部举办新闻、文学培训班，我有幸参加。约是十九日上午，主持人说著名诗人顾工要来给我们讲文学创作课。我极为兴奋，那时我已从事写作五六年了，却是第一次听知名作家讲课。顾老身材不高，微胖，头顶脱了毛发，双目却是深沉而慈祥的。他面色红润，坐在讲台上，仔细端详台下。过了会儿，他呷了口茶，擦擦眼镜片，开始讲述他富有传奇色彩的从军岁月。不过，他没忘记讲诗，诗是他的人生经历，他的人生经历亦是诗。他用生活来印证诗，解释诗。

一节课后，他把话题转向了他的爱子，已幽居新西兰的顾城。他除了讲顾城的诗，还讲顾城童年时在重庆嘉陵江边的生活情趣。从顾老口里，我知道顾城实际从童年起就是一个性格怪异，对生活对事物有独特感受的不寻常人。他列举了他们父子在嘉陵江边嬉戏时，童稚未退的顾城曾爬在一块青光溜平的大石头上，指着岸边一棵树说："它的枝桠在地下，它的根梢在天空。"顾老接着吟诵了顾城的另一首诗："黑夜给了我黑色的眼睛，我却用它寻找光明。"他说，他无法理解自己的儿子的思维。

顾城的诗是怪诞的，我手头有本《中国现代主义诗群大观》，收集了一九八六、一九八七、一九八八三年间在中国诗坛崛起的六十八个诗的派别，朦胧诗派列第一，人多势众，影响颇广，而这一流派的代表者就是北岛和顾城。朦胧诗至今没有一个独立、完整的自我主张，评论家们至今也没有给它一个合理、完整的释解。以己之见，他们不屑于作时代精神的诠释，也不屑于表现自我感情以外的东西，是追求生活溶解在心灵中秘密的一群。而十余年来，唯顾城仍以朦胧诗固守诗坛一角。

也就是在这日夜晚，我和同班学友叩开了顾老住的总后大院寓所的门。顾老穿着质地更柔软的晚便装，极热情地把我们迎进并不宽敞却布置得相当雅趣的客厅。记得客厅里并没装日光灯，是普通的白炽灯，光线较暗，墙壁上挂着顾城在国外的生活照。那照片都装了框子，被擦得很干净，由此可窥见其父母爱子之一斑。

须臾，顾城年近花甲的母亲又带我们参观居室。她指着顾老的书房说，这间原是顾城的，前年顾城出国做文化交流，一九八八年到新西兰，至今三年了……

我们没再问有关诗的任何问题，而继续聆听顾老谈说他的诗和儿子顾城。每说至兴奋处他就站起身，为我们指点墙上顾城那些生活照的地点、时间、拍摄经过。看来，这里的每幅照片都有一个诗般美丽的故事，而这故事儿子一定在信中倾诉给了父母。从顾老的飞扬神采中，我们可以看到，他是多么因为儿子的成就而自慰而幸福。

“你俩等等。”顾老抽身走进他的书房，搬出几本影集。

“这些都是顾城从国外寄来的。”他说。

我们的目光都被那异常宁静、清新和别趣的异域风景拉直了，记忆最深的有几幅。一幅是顾城在他住所前的留影。那住所的屋顶尖尖的，房檐下全是木质结构。屋后是不太高的山，上有茂密得有些幽深的树林，十分苍翠，据悉顾城自缢后和其妻谢烨合葬于此。门前有弯曲的幽径，伸向遥遥远方。顾城头戴高高的筒子帽，穿的好像是中山装，目光深邃，神情飘逸、超脱，有一种古人隐居的风雅。顾老说，顾城从小都想有块一属于自己的地域、空间，和属于自己的心灵。在这个梦幻般的空间和梦幻般的心灵里，顾城喜欢写梦幻般的诗。

然而，在这座有着蓊郁森林亦只有在摇曳烛光里写作的顾城，可否说正是理想主义残害了他？事实是顾城因与妻子发生不和，用斧头砍倒了妻子，而后自缢于门前的树上，但我相信，事实的后面一定隐藏着他难以言明的忧虑。诗人的感情更脆弱。

顾老翻到一幅顾城和妻子合照的照片。上面顾城和妻子谢烨并肩而立，谢烨上体稍稍倾向顾城。他们的神情也是凝重的。顾城十分爱自己的妻子，顾老说。谢烨身穿宽大的袍子，但仍遮挡不住她微凸的肚腹，她怀有了孩子。顾老大概是想到不久之后至亲至爱的孙子或孙女的诞生，年届六旬的他在这个时候能亲眼目睹顾家血脉的延续，脸上写满骨肉胜过万种情的满足和喜悦。他把话题转到谢烨身上，但没讲顾城讲得多。他说，谢烨是写散文的，上海人，和顾城的相识相爱也是散文式的，充满别趣和诗意……

他继续在昏黄的灯下翻影集。翻到一帧顾城牧羊的照片时，顾老以不可理喻却不无由衷赞叹的口吻说："我这孩子太憨了，不知他内心想要体验的究竟是些啥。"这是我记忆最深的一幅。

我定睛细细端详，看着就忘记了自我，仿佛也沉浸在了新西兰

破城遗照

那美丽的国度。照片上的景致似乎离顾城的住所并不远，该是在威赫克岛上。照片上方是洁净如许的天穹，湛蓝湛蓝，几朵白云飘在那里，告诉人们这里是一个遥远、寂静、有着远古韵致的地方。左边是树丛，右边是青青草地。而顾城就立在那静止不动的莲花似的山下，他仍穿中山装，戴筒子帽，右手搭在抬至胸前的左胳膊上，握根曲曲折折的牧羊棍，身后是正在嘬草的羊群。羊群也是洁白的，像天上的云停落地上，围绕着顾城。顾城的表情一如既往，凝重或说木然，看不出丝毫的逍遥、自在、惬意。那时我就想，顾城真是一个难以透析的人，他的服饰、语言，他的人生经历、选择。还有他的神情和目光，为什么从没看到他的微笑……

沉思数日，一气写下这篇短文，虽不曾与顾城谋面，但从顾老那里对这位“以别样的眼睛审视世界，以别样的思维梳理世界，以别样的语言解释世界”的怪异诗人的性格特征略有所闻，仓促成章，以表达我深深的悼念之情。

长泪横自流

告别杨羽仪先生的仪式我去参加了。

或许不事张扬低调处人处世，是杨羽仪先生一贯的行事风格，至今，我已记不清在何地、因何事、是何时与他相识的，但尤为印象深刻的是在我们认识还不久之时，我便有事要麻烦他了。

那大概是一九九八年初，我准备出版自己的第二部散文集。几位文友看过书稿，或是为了鼓励，纷纷夸奖说文章不错，怂恿我找位名家写篇好序，让书再增层色。我那时尚年轻，听大家这么一说便有点飘飘然和不自量力，真还打起了主意。但我认识并能“攀”得上的散文名家也大概只有杨羽仪先生了，于是，跃跃欲试的我，冒昧地拨通了杨羽仪先生家的电话。

“先把书稿拿来我看看，序可能会写得不好。”他话语谦逊，声轻而缓慢，但没有推却。

兵当久了，养成了我的不谙世事，这么大的人情就那么空着手把一大袋书稿送到了杨老师家。那会儿杨老师住在广州北京路旁的文德路，找到他并不困难，而我恰恰忽略了他的繁忙。此时，他担任着作家协会领导和一家文学刊物的主编，开会、审稿、写作、出书、讲课，日程满满的。当我意识到这些问题时，杨老师已开始翻看我的书稿了，因为他不时打电话给我，了解一些我写作上的情况。这分明是在做着写序的准备。

转眼夏天到了，气温居高不下，想着杨老师身居斗室挥汗如雨，我决定用个晚上时间去看望他。果然，我从相对较为凉爽的郊区部队营院，来到地处闹市住在楼房里的杨老师家，不甚宽敞的厅房，风进不来，假如不是心静似水，会闷热得令人心烦。

杨老师穿着件已少见的圆领半袖汗衫，摇把蒲扇，不时用毛巾擦拭脸上的汗，更显温文儒雅大气。我们谈的更多的还是散文，他对我说了不少鼓励的话。末了，杨老师说还有一些对写作散文的看法，也写到我书的序里去了，大家一道体会吧，像是在商量什么事情，充满亲和力和文学长辈对后来人的希冀。九点的样子我想起身告辞，而杨老师对我带去的几盒茶叶却是推了又推。

不久之后，杨老师告诉我序已写好，并且打印了出来。我迫不及待取它回来，连句感谢的话也忘了说。序，可称得上是篇美文，对我书稿的把握和点评恰到好处，提到的不足只点到为止。写作我是半路出家的，之后，每当遇到写作困惑的时候，就会把这篇序拿出来，反复悉心研读，悟其精要，破解迷津，常有所得。尤其，杨老师指出我写作中不足的地方，更让我引以为戒，时时记取于心。这篇序被用到我的第二部散文集《沧桑无语》上。

我与杨老师的接触由此而频繁起来，他每有主编的散文类书籍等等，总忘不了告诉我一声，还有时会幸运地用上我的文章。再到后来，我们数十位热衷旅游的发烧友，自发组织广东省旅游文化传播委员会，一生喜好游走四方的杨老师德高望重，被我们推举为荣誉副会长，荣誉会长是金敬迈先生。为了这个民间组织的生存和发展，我们常在一起开会，令人感动的是有时他甚至抱病出席。

渐渐地，我对杨老师的了解从表象进入到深刻而较为全面的层次，他宽广、仁厚的心胸，渊博的学识，烙印进我的人生世界。自送别杨老师回来，泪眼模糊中，我再三自我叮嘱，唯有努力向杨老师这样的文学大家靠近，方是对他最好的怀念和追悼。

艺术是引向白光的彩虹

“在新加坡有着众多的艺术家，但够得着大师级的不多，今晚我带你去拜会一位。”陈实教授不愧是研究东南亚文化的专家，始终以敏锐的目光注视着新加坡星光四射的艺术界、文化界。

“我们俩五百年前是一家。”他接着说。

我们将要拜访的艺术大师，即是二〇〇三年一月二十八日，在瑞士滑雪胜地达沃斯(Davos)举行的“世界经济论坛”年会上获得“水晶奖”的新加坡多元艺术家陈瑞献。

“陈先生是位顶尖级艺术家，不仅在绘画、书法上有着卓越造诣，同时是诗人、寓言作家和散文作家，是雕塑家，而且在佛学研究、造型艺术方面也可以说是位旷世奇才。”在前往约会他的车子上陈实教授掩饰不住激动的心情。不过，他这并不是第一次同陈瑞献先生见面，可看他对陈大师是发自由衷的敬仰的。他还说他正在写作陈先生的传记，尽管新加坡已有作家写出《艺术巨匠陈瑞献》。

或许是受陈实教授感染，他一告诉我这个消息我就迫不及待找来新加坡一月份的几份报纸。果然一月十日的《联合早报》即于头版用大号字刊发陈瑞献获奖的消息，并配以他大幅半身彩照，以及他正在达沃斯会议中心展示的部分画作，《菩提树》、《恒河》、《白绿度母之诞生》、《日出黄山》。一月十一日，该报专门发表社论《让艺术成为新加坡的骄傲》。一月二十六日，陈瑞献获奖当日，新加坡副总理李显龙即在达沃斯会见他。陈瑞献手捧水晶奖杯，充满激情和深情地说："这块来自瑞士山中让我幸运获颁的水晶，经由它的折射，我多年来一直在创造的彩虹，一定会在来年更加通透、更加鲜活、更加明亮。我站在这里，表明我的国家新加坡也一样幸运光荣；在雪花纷飞的达沃斯，满地都是我的脚印。"

一月十日的《联合早报》，用一个整版半个半版来介绍陈瑞献和他的作品以及消息和评论，这对于地位等同于《人民日报》的这家新加坡国家级报纸来说殊为不易，从而也可以看出新加坡对为国家争得荣誉的艺术家是多么的宠爱有加。他们把弘扬艺术作为一种国事。

"人和宇宙的最后，其实是一道白光，艺术是引向这道白光的彩虹。”

鹏之搏击，扶摇而上。陈瑞献可以说又是一位哲学家。

世界经济论坛一九七一年在瑞士成立，一九九五年设立水晶奖，只颁发给那些不仅在艺术上有杰出成就，而且对跨文化交流作出巨大贡献的个人。过去几年里也只有英国音乐大师梅纽因、秘鲁小说家兼政论家略萨、英国世界音乐节创始人加布里埃尔、诺贝尔文学奖得主尼日利亚作家索因卡、中国电影导演陈凯歌。

于是，我的心中便开始勾勒这位世界级艺术大师的风采、风貌。前日，我们曾到孙中山先生在新加坡的旧居“晚晴园”游览，门口的这三个大字即为他所书。

我们的车较之于陈先生的车先到他所预定的一家专门做甜菜饼的食店。在新加坡类似香港的“茶餐厅”为数不少，但竞争激烈，每一家都有其特色方可生存，这一家的甜菜饼便闻名新加坡。

“陈先生到了。”陈实教授指着一辆停到门前的崭新小汽车，一位个头不甚高，头发蓬乱，上穿半截袖衬衣，下着牛仔短裤，脚蹬半新不旧粗皮凉鞋，皮肤微黑，但双眼满含睿气工仔模样的先生从司机座位上先走出车门。我等着他去开后面的车门，主人一般都会坐后排。不料，陈实先生一声呼叫“瑞献”，便快步走过去紧握对方伸过来的双手。

我目瞪口呆，这与我之想象实在相差太远，在世界上有如此影响的艺术家竟如此之生活随意，那副和蔼慈祥的样子，似乎还在散发着乡土街坊气息，让人浑然不觉这是一位游走于法兰西研究院和中国现代文学馆这类世界文化殿堂的大艺术家。他所有的人生智慧与艺术家的独特气质风范，大概唯能从他那不同凡响的眼睛与眼神上感觉出来。陈先生祖籍在中国，一九四三年出生于印尼北苏门答腊一个名叫“哈浪岛”的小岛，战后来到新加坡。在传统深厚的中华文化滋润下，使他尚在少年便显出与众不同的早慧，十三岁作画，二十三岁写诗，开始独步画坛文坛。他的少年早成，让人再次想到“天才”之誉再也不能仅仅用“杜撰”或“文过饰非”而加以嘲讽和讥喻。

参加宴请的有文莱、马来西亚、中国大陆和新加坡陈先生熟识的朋友。席间他频频为左右夹菜，对他人所议艺术界长短是非，从不多言，偶尔说几句想法也总是以宽怀的心性和理解的口吻。他的一件画作假若拿去拍卖，可以达到几十万元新币，相当于一百多万人民币，然而为了保持平民心态，他很少让自己的作品流入市场。他曾供职于法国驻新加坡大使馆，大使馆对馆里能走出如此杰出的艺术家倍感荣耀，当他们看到他却依然开着那辆破旧不堪的小轿车时，大使说我们有理由送他一辆新的。这就是我刚才所看到的那辆。

其实，中国政府和中国艺术家对陈瑞献并不陌生，一九九三年一套厚厚五卷，集诗歌、寓言、散文、小说、剧作、文论、译著洋洋百万字的《陈瑞献选集》，由长江文艺出版社出版，并同时在北京、上海隆重举行新闻发布会；一九九六年备受瞩目的中国三峡石门现代石刻文化馆竣工，这座位于长江西陵峡石门的现代露天石刻文化馆，在悬崖峭壁上汇集了世界各地华人著名艺术家三百余幅作品，陈瑞献被公举为作序人。他不负重托，集其文、书、刻之大成被赞誉为“三绝”。尤序文中一句“山川之眉目显于人文”被学者誉为“三峡刻石千古绝唱”；一九九九年十月，中国现代文学馆开馆，而“镇馆三宝”之一便是陈瑞献专门为之设计和绘画的高达三米的青花瓷瓶，瓶身布满中国及世界各地五千名华人入选作家的亲笔签名，包括鲁迅、茅盾、郭沫若、老舍、胡适和梁实秋；二〇〇〇年，陈瑞献以古文言文为黄帝圣诞撰写《庚辰年黄帝圣诞志》。志文以草书手迹，镂刻在一块重一百五十吨、高二米、宽二点一米的泰山五彩石上，于农历二月初二清晨，恰龙年龙月龙日龙时交会殊胜时刻揭幕。他作为祭祀主宾，率全体致祭者登上黄陵。当他念至由自己撰写的祭文“今天，我们带着满身的黄土／从四面八方飞来拜您／大灵魂的祖先啊／没有您就没有一条龙叫中华／……没有一种怀念叫文化”的时候，他早已泪流满面，众祭者也早已泪流满面……

二〇〇一年五月，全球第一座大地艺术馆“一切智园——陈瑞献大地艺术馆”，在中国青岛小珠山风景区国家森林公园开工。这座占地二平方公里，投资五千多万人民币，全部由陈瑞献以摩崖石刻、雕塑的艺术形式，主创约二百多件艺术巨制，分上山“菩提心路”、主峰“善知识界”、“正觉顶峰”和下山“华藏风光”四大景区，以中华笔墨与现代艺术语言，阐释人类文化经典，让石刻融入山体，山体融入大地，大地融入宇宙，构成东方文化的一大艺术奇观……我们无法想像除却陈瑞献能有如此宏大的气魄，惊人的体力、耐力、适应力和智慧，还有谁再会有几乎不可企及的胸怀、气象、能力……

他“代表着东西方文化发展的未来”，一代宗师季羡林教授评价陈瑞献。

他是“杰出的炎黄子孙，东方青年的楷模”，著名国画大师吴冠中先生称颂陈瑞献。

他是“亚洲艺术界一个真正的奇迹”，著名作家余秋雨赞叹他。

新加坡的春夜宁静、幽深，唯海风习习，明月高悬，树影婆娑，让我宾至如归的感觉油然而生。具有兄长般温情的陈瑞献在饭后，又带着陈实教授、《香港文学》主编陶然先生、著名文艺评论家曹慧民教授和我，参观他简朴但收藏着多部画作的画室。夜已很深，他说：“你们就要离开新加坡了，而不吃新加坡的榴莲，则会是件憾事。”已近凌晨两点，他又说：“现南方人都有吃宵夜的习惯，我再领你们去吃新加坡最有名的剁辣鱼头，只有我去那里时老板娘才会亲自下橱。”有时，陈先生并不失幽默。他的盛情我们不好推辞，关键是同他在一起大家都总有说不完的话，而他虽语言不多，但每说一句，都会令人回味无穷……

有聚便有散，当我们遥望新加坡的夜空、繁星和明月，不得不在我无法记清的那条新加坡小街握手分别，大家相约在中国青岛再见，待他倾注大半生心血的“一切智园”落成之时。

艺术，亦是引向友谊的彩虹。

寻找林则徐

福州六月。

尽管它被称作榕城，大街小巷榕树遍植，翠绿、浓密、阴凉，而气温毕竟太高了，热浪滚涌，人行在街，无处可避。我身背行囊，穿行于街肆，跋涉在岗峦，苦苦寻觅林则徐的遗迹。

1

林则徐故居在福州市文化路三十一号，但这里并非林氏的出生地，更非其祖籍。他祖籍何处？出生何地？因林氏先祖属一般庶民，到林则徐祖父时已“上无片瓦、下无寸地”，这样的家庭是不会有史料记载的。无证可考，历史学家一直被困扰着。后来，发现林则徐的父亲林宾日手书《拆户书》，方解开这一历史之谜。《拆户书》追述林则徐祖上先是自甫田迁至福清，后迁到福州。福州文物管理委员会据此记载，作实地考查，确定林则徐出生在福州屏山南麓的左营巷，一条秃头弄中。

林则徐在其《阳谷府君行状》中这样写道："吾宗自迁省以来未立支祠，府君舍己宅为祠，置田数亩以供时祭，下及子孙读书膏油之助，……不孝等当守而行之。"林则徐还撰联曰："知先人之在此堂，勿忘手泽；愿后嗣克承厥训，善种心田。"这座改为支祠的老屋，是林家后裔的发祥地。林则徐生活在这里的时间也最长，对老屋有深厚的感情。他在《阳谷府君行状》中又不无深情地写道："先妣陈太夫人工针黹，又善剪彩为草木之花，岁可易钱数十遗缗，稍佐家计。每除天寒夜永，破层三椽，朔风怒号，一灯在壁，长幼依次列坐，诵读于斯，女红于斯，肤粟手僵，恒至漏尽，呜呼！此情此景宛如昨日，而孰知其不可再得耶！"

林则徐成名之后的故居云左山房，在福州市文藻北路，即今天的文化路三十一号，我是中午时分走到这所院子里来的。

文化路是一条宽不过丈余，长不足千米的小街巷，由杨桥路斜插到通湖路上。这里的景况使我无论如何不能把它同昔日一代名臣恢弘壮阔的林则徐故居联系起来的。据史料记载，林则徐故居坐北面南，中轴房屋共有三进，面阔达22.1米，均为一厅四房，五间排形式，有庭院和抱轩，周围有风火墙。南门墙外有临街门头房，正中设六扇大门，门额悬“尚书第”直匾一方。两头各有两间房屋，各用十二扇方格木窗作临街房墙。大门内有朱漆插屏门，门额悬挂“父子翰林”横匾，转过插门入门墙便是一进院落。

第一进院落的主体建筑是“杠梁厅”，用于会客，东西两廊陈列有一对“黄钺”和二十多面“执事牌”，其上书有林则徐历任的官衔，也是林则徐病退期间每月召集族中子弟会文的地方。第二进为正厅，原为林则徐父母住处。厅堂中挂着一幅《松鹤图》，画一老人端坐石桌旁，一鹤旁立，一鹤飞天。老人系林则徐之父林宾日。他平生爱鹤，在家中养有两只丹顶鹤。飞天的那只象征林则徐，侍之的象征其弟林霈霖。林宾日经常教诲林则徐兄弟：“为人之身要像白鹤一样高洁。”

第三进为“七十二峰楼”，系一座二层楼阁，一楼正中为内厅，东边两房相连，是林则徐夫妇卧室，西边两房是其长子汝舟夫妇卧室。二楼不分间，用博古式书橱将其分隔成数区。柱上挂有林则徐自撰自书楹联：“师友明临容膝地，儿孙莫负等身书。”楼上藏书很多，计二百六十四种。晚年他多在楼上整理自己的诗文书稿。

除中轴之三进院落外，故居左右还有附属建筑。东边有揖斗楼两进，是林则徐次子拱枢卧室；西边亦有两进，是他弟林霈霖的住宅。然而，这样庞大的建筑群落于今几乎无踪可寻，一九四八年，一场特大洪水冲毁所有的房舍、围墙，唯存第三进两层“七十二峰楼阁”。

我从杨桥路左侧拐入文化路，前行百米，一条小河潺潺流过，不过二十米远，路南有一米把高石碑，上书：林则徐故居。我缓了口气，举手叩响居住在这里的林则徐第五代孙之一的林颂成先生的家门。

2

面对着那尊石碑的是一条不长的夹道，阴暗、潮湿，两旁房舍林立，多为简陋平房。我缓缓穿行在这幽寂的夹道里，思绪一时难以收拢：难道这就是一百五十五年前那位民族英雄居住的地方吗？现在，有多少名人旧居、纪念地在恢复、在重建、在新修，而曾为中华民族做出过伟业的一代英豪的故居，却残破得面目全非，无可寻觅。一九四八年那场特大洪水使这里几乎夷为平地，洪水退后，居民盖房，国家建工厂，至今没有迁出。前几年，福建省人民政府曾决定出巨资重建林则徐故居，以供后人瞻仰和缅怀，并画好图纸，送与林颂成先生过目。而终因故居处在闹市，重建资金缺口过大未能实施。迁居民、工厂需人民币两百万，建房三百万。五百万人民币，对于一届政府来说，也确实是一笔不小的数目。

我敲响了夹道尽头那面低矮的单扇院门，林颂成先生刚好午休起床，听说我从广州来，十分热情。他说：“先祖的主要业绩在广东，广东人民对他的怀念之情也最为深厚。据说虎门建了纪念馆，树立了先祖铜像，天天有人去参观、瞻仰，每年都要搞纪念活动。我们这边，每年逢‘六·三’销烟日，政府几乎都要组织到林则徐祠堂纪念、凭吊。”林颂成时年六十岁，清瘦、华发稀疏，但精神健旺，思维敏捷，谈话清晰，热诚坦荡，颇有祖辈遗风。

林先生带我穿过厨房，右拐上三级台阶，来到那座唯一遗存的二层阁楼下的天井里。这座阁楼前后左右均被房舍或围墙所围，天井就成了会见客人的厅和家人平时活动的场所。我环视左右，自厨房到天井，房连着房，从地面到空间，狭窄、阴暗、简陋，见不到一样像样的家具，厨房烧的是煤球，餐桌旁摆的是几条白木凳，实实在在的平常人家庭，处处充溢和散发着陈旧、古老的气息。

我和林先生的话题围绕着他的家庭，和他的兄弟姐妹生活情况展开。林则徐第四代孙林啸馀（即林颂成之父），毕业于日本东京音乐学院，回国后在福建国立音专做教授，解放后任福建省文史馆馆员，一九七六年去世，享年九十岁。林啸馀有两个弟弟，大弟林仲明，在日本学医；二弟林大生毕业于保定讲武堂，后改武从医，在河南一带行医，以后也回到福州。

林啸馀有子五人，依次是林颂圣、林颂平、林颂和、林颂淦、林颂成；有女三人，为林颂琴、林香琴、林美琴。林颂圣今年八十三岁，现居住美国洛杉矶。他早年从事水利工作，先在南京，后到开封和国民党原行政院长孔祥熙之弟孔祥荣一起参与治理淮河，后到台湾又至美国。他有两女一子，长孙林承瑞，现是美国加州大学博士研究生，次孙林承辉在银行工作。林颂圣离开福州已六十三年，一九九四年四月曾偕老伴从美国探亲福州到林则徐祠堂祭祖。

林颂平是台湾农业大学教授，已病故。林颂和今年七十六岁，一直从事律师工作，现定居美国纽约，有子女十一人。他亦是先从大陆到台湾，后到美国，已离开福州四十八年，还没回过大陆。林颂淦家居福州，原在邮电局工作，已退休。

林颂成一九二六年出生，五兄弟中最小，如今也已六十八岁，受父亲熏染，他酷爱音乐、美术，十五岁考入福建永安师范学校艺术系，毕业后在永安中心小学当教员，三年后回福州。一九五五年赴上海交通大学机械系读书，毕业后一直在福建师范大学当讲师，后到神州华福机修厂从事机械设计、制图。他有三子两女（林则徐第六代孙），长子林燕享已四十五岁。其余除次女林桂卿定居香港外，均在福州工作。且膝下已有孙子、孙女（林则徐第七代孙）。林颂成和已退休的老伴曾警心每月计有四百余元退休金。他晨运、听音乐，偶尔也打打麻将，不以先祖之荣为荣，请求国家照顾，过着平静祥和的家庭生活。

林颂成的两姐姐林颂琴（八十一岁）、林香琴（八十岁），均是老师；妹妹林美琴（六十三岁）原在福州冷冻厂供销科工作。三姐妹已退休，仍健在。

“林家人都高寿啊！”我说。

“托祖上的福荫。”林颂成亦不失幽默。

3

林则徐（公元1785年—1850年），字元抚，又字少穆，晚号俟村老人。由于他出身贫寒，在父亲严格要求下，自幼勤奋好学，加之天资聪慧，还在童年时就表现出不凡的气质和抱负，其童年佚闻佚事至今仍在福州民间流传，载入史册。

林则徐四岁时就跟他父亲入私塾读书，七岁能写文章，不到十岁，已能对就惊人的巧对。一天，他父亲的文友来塾中谈诗论文。父亲有一段时间因事走开，他就和林则徐闲谈起来。这时，有只鸭子在庭院水洼中走来走去觅食，他灵感一动就出一对“鸭姆无鞋空洗脚”，林则徐不假思索，顺口唱道：“鸡公有髻不梳头。”天衣无缝，巧妙至极，令友人惊叹不已，大加赞赏：“后生可畏！后生可畏！”

果然，林则徐十二岁便考中秀才，二十岁中举人，二十六岁以二甲第四名成进士，入翰林院为庶吉士，授为编修。历任江西、云南乡试考官，江苏、陕西等省按察史，湖北、湖南、河南等省布政史等。由于他奉公守法，办事公正，深受民众爱戴和道光皇帝的赏识。道光十一年，道光帝以林则徐"出膺外任已历届十年，品誉俱优，办事心细可靠"，擢升为东河河道总督，主持修治黄河、运河。道光十二年晋升为江苏巡抚，十八年出任湖广总督、钦差大臣，严禁鸦片，从而走上中国政治舞台，成就一代伟业。

而正是林则徐的聪慧，促成了他的美满婚姻。一天，他奉舅舅陈大煜之命，送一篇文章给鳌峰书院院长郑光，请其批改。春天的福州乍晴乍雨，林则徐没带雨伞，经过朱紫坊时，突然乌云密布，接着下起雨来，他只好走到一家大户门前屋檐下躲雨。雨久久不停，无事可做，他好奇地打开舅舅的新作来。起先默读继之则吟哦，不觉间竟放声朗诵起来，惊动了这家大户的主人郑大漠。郑大漠是乾隆五十五年进士，做过知县，这时他正告老还乡整理其著作《清墅读史杂感》，被门外读书声所吸引，打开大门，却是一个尚未及丁的小孩，查问之才知道是前年府考第一名的林则徐，便请他入屋就坐，谈《四书》论《五经》，林则徐对答如流，且有卓越见解。郑大漠深知此童可教，大有前途，便有心招林则徐为婿。没过几天，郑大漠就托人到林家说媒，林则徐之母陈帼，听说女方是当过知县老爷的女儿，想到自家贫寒，怕高攀不上，婉言谢绝。郑大漠又通过陈大煜写信给林宾日，一再表明不图财礼，亲事才定下来，直到林则徐二十岁中举，请鹿鸣宴的那天，同时举行婚礼。福州人至今仍将林则徐的这段婚姻，美谈为“雨为媒”。

凉露如珠湿桂丛，廉波树影影玲珑。
吹箫拟引鸣岗凤，洒翰渐非戏水鸿。
破梦每惊窗月白，酡颜仍对烛花红。
明朝大散关前路，匹马题诗忆放翁。

该诗写于清道光七年八月底。其时，林则徐任陕西按察使，代理布政使事。刚过中秋，陕西凤县突遭水灾，林则徐日夜奔波在灾区。这天晚上他回到行馆，仍心牵灾民不能入睡，将月光误认为天光，频频起床。第二天天不亮便又骑马去察看灾民，在马背上哼成这首诗。其为官清廉，视子民如父母的拳拳之心，可见一斑。他就是在遭诬陷被革职时，亦不忘他的国家和庶民们。一八四〇年五月，他严禁鸦片受投降派琦善诬害，被革职充军新疆伊犁，行前为家人写了“苟利国家生死以，岂因祸福避趋之”的爱国名诗，直到一八四五年底，重新被道光皇帝启用，以三品顶戴置理陕甘总督。

一八四九年秋，林则徐因病辞官回福州，次年十一月五日，他奉旨为钦差大臣，前往广西镇压太平天国起义，十九日，病逝于广东潮州普宁县行馆，终年六十六岁。苍天庇护，镇压伟大农民起义的历史罪名终没有落到他的身上，为其一生划上了一个圆满的句号。其清正勤政，功彪后代。

4

我是凭着地图找到林则徐墓的。其时天已擦黑，山岚袅然，蝉息鸣叫，幽静的郊外空气清新，稍有凉意，使我奔波的心安静下来，缓缓走到林则徐墓前。

墓为三合土筑造，依着山势，由低而高，计有四层平台，双重屏围，面阔13.2米，纵深24.8米，形如扶臂靠背椅。一层平台上左右立石望柱一对；二层平台左右各立一石碑，一为《御赐祭文》，是咸丰元年（公元1851年）清廷派官致祭时所立。碑前塑有小狮子，威严而又不失憨朴，顽态可掬。平台正中立有一横屏，上书 “五凤来朝”，以面对墓前方五座形如凤凰的山峰而言。三层为拜台，设供案，案上横列着青石碑牌，上书：“皇清浩封资政大夫，两淮监政，前江苏按察使阳谷林公，配陈夫人，男女穆公，妇郑夫人，出继男雨人公，妇李孺寿域。道光丙戌年仲夏吉日立。”碑牌上还罗列着林则徐为官以来的官衔。主墓在四层平台之上，为梯形坟墓，其后的正面墙壁上，嵌一巨大的“寿”字。因墓为三合土筑造，遭风吹雨打，坑坑洼洼，绿苔遍布，既无墓道，又无石俑石兽等立在墓前，和平民百姓的墓无甚差别。不同之处就是那两方皇帝恩赐的石碑。

“青史流芳说禁烟，林公风仪薄云天。”林则徐祠堂则不同了，它虽说不上恢弘壮阔，但这座始建于一九〇五年，面积达三千平方米的建筑，既有树德堂、曲尺楼、竹柏轩，又有池鱼假山，回廊曲径，颇具江南园林式风格。

祠位于闹市区南后街澳门路，临街是一道枣红色门墙，正中嵌有刻着混金大字“林则徐纪念馆”的大理石。从边门入内，可见门墙内壁镶有“虎门销烟”大幅浮雕。转身便是一道牌楼形大门，额题“林文忠公祠”，沿石甬道经仪门厅直到御碑亭。甬道旁分列八只青石雕刻而成的石人、石兽，两侧回廊陈列二十多面执事牌，上书林则徐历任官职和“紫禁城骑马”等荣誉赏赐。仪门厅廊柱有幅对联：“焚毒冲云霄，正气壮山河之色；挥旗抗敌寇，义征夺鬼魅之心。”这是当代军事家郭化若将军，为其同乡所题的联，用语雄豪，落笔洒脱。

御碑亭为正方形重檐九脊顶，内立三方青石牌，成品字形。其中两方是墓碑的复制，另一为《御碑文》。主要内容：一是林则徐去世后，将其官职由太子太保晋升为太子太傅；二是鸦片战争失败后，林则徐过去所得的荣誉奖赏被取消，这时宣布恢复；三是赏给林则徐正在读书的两个儿子以官职。从碑文看，咸丰皇帝为林则徐的平反是不够彻底的，仍有指责他在广州禁烟、抗英的字句。

树德堂在碑亭之左，外有围墙，内有庭院，自成院落。厅中供龛中高坐一尊林则徐塑像，身着朝服，神采奕奕，和蔼可亲。龛前有青石供案，梁楣上悬有道光皇帝御书“福寿”匾，两字之间尚有四行小字：“愿卿福寿日增，永为国家宣力。”这是道光七十九年（公元1839年）林则徐虎门销烟，抗击英军初传捷报时，皇帝手书赠赐的。

祠厅两侧，有两座相对的三间排平屋，围成南北花厅。厅有回廊柱上有赞颂林则徐的楹联：“为政若作真书，绵密无间；爱民如保赤子，体会入微。”庭院西有圆门一座，入内是一口曲折的池塘，环池垂柳依依，花香袭人。曲尺楼即建在池北，有桥亭可通。这原是林家子弟读书的地方现改为展览厅。

池塘西南建有竹柏轩，原是林则徐在翰林院学习满文时的老师林春溥竹柏山房的一部分，清末划归祠堂。今改建为双层楼阁，下为文物店，楼上收藏文物、书籍。并收藏林则徐所书的对联、条屏、立幅、扇面、信札诗稿、日记、读书札记等，及其使用过的印章、印盒、砚台、残墨和《政书》、《诗钞》等雕版遗物。此外，还有林则徐《衙斋杂录》，是他遗戍伊犁时期抄录的公文档案资料，对于研究中国近代史很有参考价值。

虔诚的拜谒和缅怀

性喜游览的我，曾两次踏访伟大的民主革命先行者孙中山先生留足的地方，感慨良多，谨记之。

1

中山阁，凝聚着孙中山先生革命历程中一个瞬间的足印。

一九二一年十月中旬，孙中山先生为商讨北伐大计，乘军舰由广州赴南宁。十月二十一日途经广西桂平，慕桂平西山林秀石奇，遂登山作一日游，曾饶有兴味地来到龙华寺旁的飞来石上小憩。一九二五年先生逝世，翌年，李宗仁依山凭险在飞来石上建阁，题名中山阁，作为对于先生的永久性纪念。清晨，云雾尚未散尽，山蛩幽寂，游人寥无。为避免喧嚣的嘈杂打扰我心中对先生的敬慕，我趁早来到中山阁下。

阁高两层，斗拱飞檐，雕梁画栋。西山缺少巍峨挺拔的建筑，整个阁子庄严地矗立在飞来石上，红色的阁顶耸出碧绿层林之上，瑞气祥云缭绕，为峻峭的大山平添了一种迷离的灵气，巍巍然显示出其总领西山风骚之非凡气势。

晨光穿越林隙映照着阁顶，流光溢彩，辉煌壮观。我绕着阁的基座仔细端详，走完一周，再远远地驻足投以凝视，想象着当时情景。那时，先生一定很是安详地坐在飞来石的顶端，衣扣排解着，身体略略前倾，左手持礼帽按着膝，右手掠开衣襟叉于腰际。他向前方探着头，浓眉微蹙，睿智深邃的目光凝视着山下纷飞的云雾，仿佛正在注视着历史风云的迅疾变幻……

先生厚厚的嘴唇轻轻抿着，鼻梁坚挺，晨曦扑在他的脸上，勾勒出他坚韧、刚毅、宽厚、慈祥的面部轮廓，显示出他雕塑般坚毅的神态。我忽然就想，坚毅不正是先生诸多高尚品格中最为显著和宝贵的么？先生铿锵高亢的生命之歌，坚韧不拔是他强烈而炽热的主旋律。正是凭借着这种坚毅，先生历经磨难和失败，终于推翻大清王朝的统治，宣告中国长达两千余年的封建帝制的结束。

晨风乍起，满山的松林顿作涛响，山谷及其斜坡上浓绿的波浪一涌一动。游人的欢声笑语，朝曦里悠然荡漾的晨钟，全淹没在这松林的喧嚣中。我收拢思绪面对阁子默然肃立，心中充满虔诚的感觉。

我沿着新凿就的石磴登上阁子，阡陌和河流，村舍和田畴顿时扑入眼帘，樵夫与耕者同在图画里。阁之下也开始回荡游人长长的吆喝，那舒心畅快的吆喝声仿佛是从地下发出的，宽厚雄浑，震颤了山巅。“尘世路间不觉忙忙终日，碧云天里何妨息息片时。”我想，当人们从汗污油腥市声尘嚣中走到这阁子里，迎清风而听天籁，同自然交谈，与历史对坐，能够聆听到历史撞击心扉的深远回响吗？

此刻，我正是这样的心境。我负重的心在魅力无穷的历史的有力撞击下颤悠着，回响着。在山的前面，纵横交合的黔郁二江滚滚东去，投入大海的怀抱。千流归大海，中华民族同一炎黄，孙中山先生一生为拯救和统一民族而奔走呼号，曾经在共产国际和中国共产党的推动下，毅然排除阻力实现国共第一次合作。可是先生逝世，半个世纪过去，我们的民族依然被分作两块，能够说这仅仅是历史的悲剧吗？

所以我又想，历史应该感谢李宗仁先生。李先生着意修建这座阁子，其意义绝非仅仅在于纪念孙先生卓绝的历史功勋，因为孙先生所致力的事业乃是伟大民族的统一与强盛！

太阳已经升高，阳光普照，岚光山色更加妖娆。我觉得阁子里应立一贴碑，历历刻写上先生的伟绩，敦促后人以先辈为楷模，且勿怠慢了先人所未竟的事业。并立一尊先生的塑像，以迎接来自远方游子所投送的对先生深深的敬仰，和对历史的无限追思。

2

如果不谙历史，可能还不知道远在数千里之外，远在一个世纪之前，新加坡便已是孙中山先生在南洋谋略革命的重要活动中心和基地。二月间，当中国还是春寒料峭的时候，靠临赤道的新加坡却仍像温暖的初夏，椰影蕉雨满城，南洋风情浓郁。参加会议之余，友人向我推荐位于大人路十二号的“孙中山南洋纪念馆”，并再三嘱咐定要前往一游。

它坐落在一处蓊蓊郁郁的树林里，是栋巴拉甸式两层独立楼房，并被一道低矮的围墙所环绕。在入口铁门前的巨石上，新加坡当代文化擎旗人、艺术大师陈瑞献先生题写的“晚晴园”三个鎏金大字，于热烈的阳光下光芒闪烁，显得气势非凡。小楼始建于十九世纪末，初时取名“明珍庐”，后被当时橡胶业巨头张永福买下，作为礼物供其母安享晚年。他取唐朝诗人李商隐名句“夕阳怜芳草，人间重晚晴”的“晚晴”两字，改曰“晚晴园”。

张永福是中国革命的热心支持者，一九〇六年二月，他把这坐小楼无偿捐赠给了常来常往于南洋的孙中山，以便于其开展革命活动。同年，孙中山便在这组织成立了同盟会新加坡分会。其后五年间，孙中山三次于此居住和办公，谋划数次起义及反清革命运动。迄今，整整百年，几经沧桑，新加坡人民一直精心地呵护着它，并于二〇〇一年将其改建为“孙中山南洋纪念馆”。十一月十二日，即孙中山诞辰一百三十五周年纪念日，新加坡总理李光耀在主持开馆典礼时不无深情地说：“孙中山带动了海外华人，是他激发起海外华人让祖国强盛起来的愿望。”

进入大门，整个庭院以茂盛的椰树、橡胶树、凤梨树及众多的热带花草植物为装饰，绿草茵茵。最先进入眼帘的是草坪旁摆着的一方赤褐色石块，正面用中英文分别镌刻着新加坡内阁资政李光耀的题词：“孙中山，一个改变中国命运的人。”背面则刻写孙中山终身所倡导的革命誓言“天下为公”。楼前草坪正中，身着中式对襟上装，双手端放于膝盖的孙中山铜像，安坐在一米多高的方形石基顶上。他眺望着远方，神态端详、沉静而又刚毅，仿佛正在为中华民族的前途和命运而深思，忧心忡忡……

而铜像左右侧则矗立着两组相互对称的铜质雕像。左侧是广州黄花岗七十二烈士中来自南洋的四位烈士的铜像和刻着“烈士树”三字的石碑；右侧为虎门销烟英雄林则徐、虎门海战岸炮、陈连升将军坐骑“节马”铜像，及题有“仁心果”三字的石碑。这两组铜像不仅有着紧密的内在历史渊源、相映成趣，而且，令人感慨良多。烈士树——椰子树是新加坡的象征和标志，而“仁心果”是孙中山先生当年在南洋尤为喜爱品尝的热带水果。二〇〇一年十一月，孙中山南洋纪念馆即将开馆，馆长冯仲汉特意致函大陆海协会会长汪道涵、台湾海基会会长辜振甫，请二人分别题写“烈士树”和“仁心果”三字，题刻在由一块巨石一劈为二的两块石碑上，充分表达了海峡两岸全体中国人以及海外炎黄子孙盼望祖国早日统一的共同心声，可谓用心良苦。

小楼的门楼呈六边形，向内里走去，主展室一间挨着一间，所展示的内容既有内在历史联系，又相对独立，历史信息丰富且层次清晰。由一楼的和平室、奋斗室、集思庭开始，穿过历史走廊，再登上二楼进入新加坡室、南洋室、遗珍室，到时代走廊结束。一路走来，翔实的史料、文物、复制品，四百余幅历史图片以及雕塑、绘画、书法，借助现代化的多媒体手段，真实地再现了一代伟人孙中山领导辛亥革命推翻封建帝制波澜壮阔的奋斗历程，以及前来南洋开展革命活动的历史跫音……

楼外，赤道上空的太阳依然是那样的炽热，暖风吹来，晚晴园里款然垂落的长长的椰树叶发出哗哗的响音，如同历史的回声，把孙中山先生的丰功伟绩深深地烙进了我的记忆里。

寂静中或许会有更好的音乐

奥地利最主要的“物产”就是音乐了。谁都知道奥地利是音乐之乡，维也纳是“音乐之乡中的音乐之都”。到奥地利当然有理由叩问：为何音乐特别偏爱阿尔卑斯山下这块形似鸡大腿一样的土地？所以，当大家还在大巴车上议论到了维也纳要去观光哪些地方时，我提出不能忘掉中央公墓，因为这里是数位音乐大师长眠的地方，有贝多芬和他的学生舒伯特、施特劳斯和他的音乐父亲、弟弟以及勃拉姆斯的坟墓，有纪念莫扎特的纪念碑。但却遭到众人的反对，他们的理由是墓地不适宜于外出游人涉足，那么，我只能把到奥地利来对于音乐的崇尚和享受作为个人的行为了。

萨尔茨堡是我第一个朝圣音乐之乡的地方。

这里有“维也纳最疼爱的儿子”莫扎特的故居。美国好莱坞音乐巨片《音乐之声》，萨尔茨堡是它的外景拍摄地。电影里那位美丽的家庭教师玛丽亚领着七个天真无邪的孩子，在绿色的原野上高唱美丽动听的“1234567……”其情其景至今仍深深镌刻在萨尔茨堡人的记忆深处。这，当然也吸引着我。

一七五六年，莫扎特出生在萨尔茨堡盖特莱德街九号一栋米黄色六层楼房里。在这里我听到了莫扎特一段凄惨的故事。一七七三年，十六岁的莫扎特被萨尔茨堡大主教聘为家庭乐师，但大主教却不尊重莫扎特，只把他当作炫耀身份的招牌和随时听从使唤的佣人。他专横地要求莫扎特只能演奏不能创作，这等于在摧残和扼杀莫扎特的艺术生命。一七八一年，莫扎特愤而向大主教辞职，大主教在赶莫扎特出门时竟狠狠踢了他一脚……

这个晚上我们就下榻在萨尔茨堡古城郊区临近机场的一家宾馆里。夜色降临，被山峦环绕着的山城一派寂静，晚春的冷风频频掠过，挡不住的寒意让人不住地打颤。我沿着宾馆外的一条马路漫无边际地闲走，脑海里翻腾的却还是莫扎特。我在想，也许正是苦难的生活磨砺了莫扎特，给了他创作音乐的灵感。你看，当他诞辰一百周年时，人们再来审视他和他的音乐，不得不以一种诙谐的口吻戏谑道：大主教的一脚不仅把莫扎特踢出了萨尔茨堡(萨尔茨堡后来因为莫扎特在音乐上的天才成就而被呼做莫扎特城)，而且踢开了维也纳古典音乐的大门。

而上帝对莫扎特也是够残酷的，这位四岁能弹钢琴，五岁即开始作曲，六岁在维也纳登台演出，八岁创作第一批奏鸣曲和交响曲，十一岁就写出第一部歌剧的音乐神童，只活了短短三十五年。命运，为何特别吝啬于那些天资聪慧的人？

沉默的阿尔卑斯山你可以作答吗？

那我只有到维也纳，到音乐的世界里去寻找答案了。

用“梦”来形容维也纳，尽管这是俗气了点，但我的确找不到其它更合适的词。多瑙河从阿尔卑斯山流淌出来的时候是蓝色的，到了维也纳同样也是蓝色的。无论大街小巷哥特式、巴洛克式建筑比比皆是，多红砖赤瓦铜绿色拱顶。古老教堂的钟声和着耳际回旋着的莫扎特、贝多芬、施特劳斯的优美音乐，完全是一派娴静、柔和的梦中景致。穿行在环行大道、格林大街，驻足于霍夫堡皇宫、美泉宫，我曾不止一次地经过金色音乐大厅、国家歌剧院、皇家歌剧院等等世界一流享受音乐的地方。但我有缘却无法跨入到那里面去，因为我们是完成考察任务之外的旅游，旅游中没有安排涉足这些音乐殿堂的项目。而我并未放弃努力，我不相信既然来到了音乐圣城，就破解不开心中的那道谜！

是夜我们将下榻维也纳城外的一家酒店，于是，我直接找到导游，要求带我们去欣赏一次音乐会，不要讲票价，但一定会给小费。导游是香港人，收取客人小费天经地义。我现在就联系，导游说。然而，我的呼请仍然得不到多数人的响应，三十多人的团队包括导游只有四位前往。这时，我似乎已经对音乐为何偏爱奥地利这个高山之国有所释怀。但我应该感谢导游。

趁机，也领略了一番夜色里的维也纳。

夜色里的维也纳是较为寂静的，车少人稀，几乎所有建筑都被五光十色的霓虹灯包裹着。也有的是白炽的明光直接投射到屋顶或塔尖，有的则将灯置于暗处或特制的暗槽里，让余光衬出建筑物的轮廓。这时，唯有音乐在流光溢彩的光影里流淌，从窗户、门扉、胡同、咖啡间、啤酒屋……维也纳的夜空为什么这么静?是在为音乐创造凌空飞扬的氛围么?

寂静中应该会有更好的音乐。

我们被带到布尔格花园一座两层楼的二楼大厅，它的隔壁就是我们是夜要欣赏音乐会的音乐厅。据说，这里原来是皇家宴会厅，面积近六百平方米，中间没有一根柱子，净空也很高，倒是一个宽敞、舒雅的地方。靠大厅一面墙壁下搭了座不大的乐台，台下铺着块通向外间楼梯厅的T字形地毯，一行行座椅则呈“凹”字形环绕着乐台摆放，节目单和报幕我们都是看、听不懂的，但大部分曲子耳熟能详。在音乐的故乡听到原汁原味纯而又纯的乐曲，令我这位外乡人陶醉在仿佛置身于如梦的维也纳一样，只觉得灵魂完全被音乐所鼓胀了起来，在浩淼辽阔且星月闪烁的夜空中悠然飘荡……

这个夜晚对于我来说，其意义远远不在于我在异乡他国听到了正正宗宗的音乐，而是对怎样在音乐的氛围里释放潜藏于心灵深处的情感有所体悟。因为这场有黄种人、白种人和黑人齐聚，兴之所至，谁都可以随着那优美旋律起舞的音乐会，令我那么真切地感受到了音乐才是唯一的世界性语言，生活在世界每个角落的人们，真正能沟通情感的也唯有音乐。美国科学家不是把音乐制作成铂金唱片，让飞船带到茫茫的宇宙中去寻找人类的知音了么？

据说，在维也纳真正到诸如金色大厅去欣赏音乐的人，多是享受政府退休金的老人，因为高昂的票价常常令人望而却步，包括前往旅游的观光客，所以规模较小的乐队反而能争得更多的客源，并且来自于世界各地，这就为人们提供了交流情感的场所。当我们的音乐会进行到中途的时候，人们纷纷走向乐台前方的T字型过道，搭肩抚腰，认识或不认识，年老或年轻，男或女，无不随着音乐的节奏舞起蹈起，为他们伴奏的还有台下打着节拍的掌声……

音乐，是爱的精灵。

精灵，在寂静无声的世界里游走，传递着音乐。

维也纳，提供了蕴藏音乐的极好氛围。

但，我们不能忘记莫扎特和萨尔茨堡。

战败者的“丰碑”？

从荷兰前往法国巴黎，必须过境比利时，考察团领队知道我们出国一次不容易，所以，在我们的一再请求下答应在经过其首都布鲁塞尔时停留一天，而且不增加任何费用。他的善解人意令我们颇为感动，于是，尤为珍惜这停留的一天。

所以，我十分希望领队能够在有限的时间里，带着我们去参观一处古战场遗址。遗憾的是的确因为时间紧迫安排不过来，而且，全团几十号人有意去凭吊一次战争的大概不会太多。不过，总是善解人意的领队答应待我们前往巴黎途中，会将路边一处著名的古战场遗迹指给我们看，并详细介绍这次战争的经过。领队是香港人，作了近二十年的导游，欧洲四十九个国家他几乎涉足三分之二，包括东欧数国。途中，他就曾不停地介绍其他欧洲国家的历史和风土人情，令我们钦羡不已。

我们将要经过的这处古战场遗址，便是闻名于世的滑铁卢。于是，我没有想到能够从一名参观团的领队那里，领略到一场伟大战争的辉煌历史。

第二天，由于前晚布鲁塞尔落了场中雨，启程时天气阴沉，但我们乘坐的大巴仍以一百二十公里的速度沿着通往巴黎的欧洲十九号高速公路疾速南行。不过二十分钟，大巴从一座立交桥下经过，领队指着公路左侧不远处绿树掩映着的教堂塔尖的居民区说，那就是滑铁卢镇。

领队，开始娓娓动听地述说此地爆发于一八一四年那场旷古惨烈激越的战争。

一八一四年初，拿破仑与反法同盟军激战了近一年，于普鲁士德国莱比锡惨遭失败，被法国元老院投票废黜皇位。拿破仑四月六日被迫宣布退位，放逐地中海厄尔巴岛。该岛西边五十公里的地方就是拿破仑的故乡科西嘉岛。然而不到一年，从未放弃过重登皇位梦想的拿破仑，当他得知反法联盟接近瓦解，法国军队正在策划推翻路易十八时，他毅然决定潜返巴黎。一八一五年三月一日，他登上一艘叫作“天常号”的小船，几经颠簸于太阳西斜时分在法国南部海岸儒昂湾安全登陆，三月十五日晚上进入巴黎。四月底，他重新完成北方、莫泽尔、莱茵、阿尔卑斯四个军团的组建，并亲自指挥由四个军和三个骑兵师组成的北方军团主力。本来已四分五裂的反法同盟国，听到拿破仑卷土重来的消息，立即搁置利益纷争，聚集奥地利首都维也纳，再次形成强有力的团结阵营。其中，俄、英、奥、普各动员兵力十五万。四月下旬，素有英国“铁公爵”之称的威灵顿将军从维也纳赶到比利时首都布鲁塞尔，受命指挥联合部队，以共同对付拿破仑这个“科西嘉魔鬼”。

一八一五年六月十二日，凌晨四时，仅仅睡了四个小时的拿破仑跨上战马，肩披麾氅，手举长剑，巡视部队。最后，他以激动人心的呼喊作战前宣示：“时候到了，对每一个有志气的法兰西人来说，此战不胜，即战死!”既是鼓励又是不可违背的命令。

于是,从六月十五日下午六时开始，到六月十七日下午两点，在四十四个小时之内，两军分别在布鲁塞尔的桑布尔河、四臂村进行了数场殊死血战，被拿破仑前锋骑兵追赶得似乎无路可逃的威灵顿，到了四面楚歌的绝境。

然而，决定战争胜负三大因素之一的“天时”，这时却出人意料地把“幸运符”抛给了威灵顿：一场早不来晚不至的倾盆暴雨，挽其于危亡，否则，后来的滑铁卢之战铁定是另外一种结局。

不能不说这是天意，正当威灵顿所率人马向滑铁卢方向快速撤退，拿破仑已经能够用肉眼清晰地看到联军溃不成军狼狈逃窜，一场暴雨从天而降。断线似的豪雨使道路和田地顿时变得泥泞不堪，令法军的骑兵和炮兵行进艰难，几乎停顿了下来。这场雨不仅令威灵顿成功逃脱，并且使他在滑铁卢的一座小山顶上安营扎寨，稳住了阵脚。拿破仑的军队追到山下，足足花了三个小时。一方以逸待劳，一方立足未稳，急于抢占山头的拿破仑军被固守英军居高临下，用猛烈密集的炮火击退，成片成片倒在山脚。兵士们殷红的鲜血不仅染红了土地，而且与四溢的雨水搅和在一起，顺着山坡潺潺而下，真真切切血流成河。拿破仑似乎也预感到，这一次他亦将真的到了英雄末路的时候。

此时大作家雨果的父亲是拿破仑的一位爱将。后来为了写作《悲惨世界》，雨果曾专程到滑铁卢作过实地考察。站在父亲为之征战过的对于他来说有着特殊情感的地方，唏嘘之余，不禁感慨万千：穿越天空的这片乌云，让一个世界崩溃了……

是夜，山上的威灵顿和山下的拿破仑，一对惊世枭雄在沉默中对峙着。是否就在滑铁卢与拿破仑决一死战?威灵顿犹豫不决。而生性好强的拿破仑则担心威灵顿会趁着夜色再次逃跑，竟数次起床悄无声息地来到前沿阵地细细察看盟军的动静。

一八一五年六月十八日上午八点，雨终于停息。九点半钟，经过一夜深思熟虑，加之爱将布吕歇的适时献计，威灵顿作出了他这一生最为艰难，但意义和影响也可能最为巨大的决定：冲下山！生与死，胜与败，就在此一举了!而此时，山下的拿破仑指挥的八十门大炮，亦开始向滑铁卢山顶猛烈射击，决战的序幕由此拉开。两位伟大的军事家可以说在这一点上做到了不谋而合，英雄所见略同。这一天，经过八个小时两轮冲锋与反冲锋，仍胜负难分，他们都在等待援军。威灵顿所期望的是由布吕歇率领的普军，拿破仑则等待的是由格卢西率领的法军右翼部队。但遗憾的是他们的愿望双双落空。

性格决定命运。

假如性急的拿破仑能够再稳一稳，待格卢西到来后再作图谋，他也许还有挽回败势的最后一线希望。然而，拿破仑争强好胜的性格最终还是泯灭了这样的希望之火，他打算命令他的近卫军倾巢出动，给威灵顿以重击。

事与愿违，命运之神似乎永远不再青睐他了。当杀红了眼的法军咆哮着冲到距离英军阵地约六十步时，威灵顿突然跃出战壕挥臂高呼："英俊的小伙子们，冲锋的时候到了！"穿猩红色军服早已憋足了劲儿的英军士兵听到他们的统帅亲自发出冲击的号令，也纷纷跃出战壕，排山倒海般扑向法军。刀光闪烁，喊声震耳欲聋，被追杀的法军开始时是有序地撤退，到后来简直变成了溃逃，连一向镇静自如的拿破仑亦只有被残兵败将们挤拥着身不由己地逃命。法军先是退到洛索牟以南，后是逃到热纳菩才算稳住脚喘了口气。拿破仑这时试图与威灵顿再决一死战，然而，被吓跑了魂儿的法军，一听到远处英军的号角，便惊恐万状争着逃命……

兵败如山倒。

三万名法军和三万名联军士兵，同时倒在滑铁卢的土地上。

此情此景，大概还是唯有雨果这样伟大的作家才能够将它描绘得如此凄美、动人、荡气回肠：天就要黑了，在热纳菩村外的田野上，贝纳尔和贝特朗扯住一个人的衣衫并拦住了他。这个人泪流满面，脸色苍白，一副沉思的样子。溃败的军队如同潮水般从他身边逃过。他牵着马神情迷离地将目光转向滑铁卢。在滑铁卢战场上空，不仅有乌云翻滚，好像还有一种神奇的天相，是上帝刚刚经过那里。这个人就是拿破仑。

一个梦游的巨人，居然还想要走进已经被摧垮的梦境之中。

而威灵顿目睹战场惨状，则禁不住悲愤，说：胜利是除却失败之外的最大悲剧。

拿破仑时年四十六岁。

自战败滑铁卢，拿破仑不得不再次宣告退位，并被流放到南大西洋中的圣赫勒那岛上。

一八二一年五月五日，一场突如其来的风暴席卷了圣赫勒那岛，直到傍晚方才告息。十七时四十九分，度过最后六年伤心寂寞岁月的盖世英雄拿破仑魂归大西洋。他留给人们最后的话是：法兰西、军队……

比法十九号高速公路两旁，被勤劳的比利时人种成了稠密的树林，我试图去寻找车窗外滑铁卢镇那座小山，目光却被密林挡住了，只好再次将目光投向领队，重新寻求帮助。他会意地点了点头，并说向客人介绍人文景观是他的义务。如此，我们便继续听他讲述有关滑铁卢战役之后的故事。

一八二六年，滑铁卢战役十周年之际，人们决定在当年战斗最为激烈、联军首领奥伦治亲王受伤的地方修建一处纪念物，让人们永远感怀这场残酷的战争。这得到威灵顿将军的支持。不过，他一再告诉组织和施工者，堆起的山丘必须让滑铁卢附近的列日市的妇女们来背土完成，原因是在进行滑铁卢大战时，列日市妇女一直在支持和声援拿破仑。而准备铸造的那只雄狮则必须用他缴获的法军枪炮浇铸而成。中国曾有胜者为王败者寇、虎落平阳不如狗的说法，看来国外同样如此。威灵顿以胜利者的口吻提出这样或那样的要求，没有人敢于对他的意愿持任何的异议。

后来建成的这座纪念物叫狮子山，它果真是用列日市的女人们背来的泥土堆集而成，高四十五米，底部周长一百六十九米，沿着二百二十六级石阶登上山顶平台，用花岗岩砌成的高六米的基座上，一头高四点五米重二十八吨的铁狮子雄踞顶端。它右前爪踩着一只圆球，表示“威镇”拿破仑，狮头朝向法国，昂首怒目，“狮”视眈眈。铁狮是雕塑大师范·格尔的杰作，王者风范淋漓尽致。

狮子山下后来建了座滑铁卢纪念馆。它是栋白色圆形建筑，里面环形墙壁上描绘着一幅长一百一十米、高十二米的滑铁卢战役全景壁画，是法国海军画家路易·杜默兰和他的五位合作者于一九一二年创作完成的。该画栩栩如生地描绘了当年鏖战的壮烈场面，刀光剑影，人仰马翻。战场远处那位身穿白翻领绿军装、披着灰色披风的人，骑在一匹白色高头大马上，手举宝剑，正在指挥战斗，他就是拿破仑。

纪念馆对面建有一座小电影院。它像我国著名旅游胜地庐山，一年四季每天只放映《庐山恋》一样，每天亦只放映《滑铁卢》一部电影。影院旁立着一尊拿破仑全身塑像，他头戴三角帽，全身戎装，双臂抱在胸前，侧身而立，目光注视着远方。塑像前，不时有人献上一束束鲜花。有人说，滑铁卢纪念馆是战败者的丰碑，在这里人们谈论的是当年一败涂地的拿破仑，连那座山顶上的雄狮也被认为是拿破仑的化身。而当时凯歌高奏的威灵顿几乎被人们遗忘了，只是把大战时滑铁卢小镇上被联军用作总参谋部的客店，一座砖石小楼改成了威灵顿纪念馆，展示当年的文件、图片和实物。

战败者的“丰碑”？这不能不说是种奇怪的思维现象。虽然在拿破仑一生近百场胜利战中，最少有二十场可被誉为伟大战役的胜利，但历史学家也曾把他称为世界军事史上最惨重灾祸的始作俑者。为什么会出现反差如此之大的两极说法呢？如果让我来回答，我只能说学者们是尊重历史的，而同情弱者则是普通人的天性。

凯旋门下品味“三皇会战”

由比利时进入法国是悄无声息的。我们到达巴黎大概中午一点多钟，虽有七小时的时差，但生物钟还没有改变它的运行密码，昏睡沉沉。大巴车由高速公路转上筑在高堤之上的环巴黎城的环城大道，车窗外尽是白色的古建筑高楼和教堂时，我们这才知道具有“世界花都”美誉的巴黎已近在眼前了。

法国，是一个让人无论怎样赞誉都不过分的国度。有人说她是欧洲乃至世界最具浪漫色彩的中心——漂亮的时装、醇香的美酒、秀丽的田园、古雅的建筑。还有人说她是欧洲辉煌文化的代表——法国人心目中，文化具有崇高无比的地位，据说每五个法国人就有一个是某文化协会的成员，涌现出一大批文学巨匠，如莫里哀、司汤达、巴尔扎克、大仲马、雨果、福楼拜、小仲马、左拉、莫泊桑、罗曼·罗兰等。但如果从另一个角度去审视法国，它更是一个不折不扣的军事大国、强国。在欧洲诸多国家里有史以来最具扩张性的数个国家中，除却俄、意、德、奥匈，法国亦占一席之地，当年拿破仑一世的千军万马，几乎横扫整个欧洲大陆。所以，尽管在巴黎值得关注和参观的地方以及内容多不胜数，但最令我心情激荡和思绪万千的，就是站在壮观得令人心颤的凯旋门下，或者置身埃菲尔铁塔上俯视镀了金顶的拿破仑墓。

这是两处有着密切联系的建筑。一八〇六年法国皇帝拿破仑一世在奥地利的奥斯特里茨与沙皇亚历山大一世和奥皇弗兰茨二世所统帅的联军，展开了他一生中最为辉煌壮阔的大战，史称“三皇会战”。结果拿破仑所率领的十万精锐之师长驱千余里，风扫残云，势如破竹取得胜利。为了纪念和炫耀这次战争，拿破仑决定在巴黎修建一座建筑物，凯旋门应运而生。它由当时法国最著名的建筑大师夏尔格兰设计，高49.5米，宽44.82米，厚22.21米，可谓规模空前，壮观而宏伟。可惜的是，就是这么一座由皇帝钦定、为宣扬和铭记皇帝战功的巨型建筑，拖拖拉拉、断断续续竟建了三十年，直到一八三六年七月二十九日才举行落成典礼。而世界战争史上一代战争圣雄拿破仑，却早已在十五年前的一八二一年五月像一颗炫目的流星殒落在大西洋的圣赫勒那岛上。一八四〇年在法国政府一再请求下，英国当局方同意将拿破仑的遗骸运回巴黎，安葬于第七区路易十四国王为安置退伍伤残军人而修建的荣军院里，实现了他“我愿我的身躯躺在塞纳河畔，躺在我如此热爱过的法国人民中间”的遗愿。十二月十五日，巴黎市民倾城而出，早早地来到塞纳河边和灵车经过的街道两旁，迎接这位历史巨人亡灵的回归。拿破仑的灵柩缓缓从凯旋门下通过，此刻，从香榭丽舍大街向西望去，一团落日恰好悬在凯旋门又宽又高的拱形门圈里。

巴黎春日的阳光明媚亮丽，香榭丽舍大道两旁的白杨树笔直挺拔，细密的绿叶在和煦的暖风中哗哗作响。尽管街道上车喧人嚣，却丝毫也感觉不到国内城市那种特有常常令人烦厌不安的浮躁，凯旋门的浑厚大气所营造出的庄严肃穆，叫人收敛了兴致止住了兴奋。思绪被牵引到距今整整两百年，那场在拿破仑一生九十六场胜利战中影响巨大而深远的奥斯特里茨战役的回忆之中。

奥斯特里茨之战发生在一八〇五年十月的特拉法尔加海战失败之后。这年十月二十一日，法国与西班牙的联合舰队，在特拉法尔加海战中被英国纳尔逊舰队彻底摧毁，从而完全失去了与英国在海上的抗衡实力。但善于捕捉战机的拿破仑绝不会因为一场战役的失败而放弃战争。他立刻率领他的十万大军，趁着刚刚在陆地上取得的乌尔姆之战的胜利余威，千里挺进奥地利首都维也纳。这一路虽然有奥国查理大公统率的强大奥军频频欲以阻挡，法军却还是一一击退，势如破竹，于十一月四日浩浩荡荡开进维也纳。拿破仑此番

凯旋门下品味"三皇会战"

长途奔袭的目的，就是要趁着严冬未至和据守阿迪杰防线的查理大公来不及回防维也纳的时机，深入到维也纳北部的摩拉维亚追歼由库图佐夫元帅统帅的俄军。奥地利皇帝弗兰茨二世自从获得法军开来维也纳的消息后，终日惶惶，早早逃到离维也纳不远的摩拉维亚首府布尔诺，与来到此地的俄国沙皇亚历山大一世会合。

住进维也纳富丽堂皇的肖思布鲁恩宫的拿破仑，即着手部署军队，下令缪拉元帅的骑兵和苏尔特、拉纳的第四、第五军立即从维也纳出发，北渡多瑙河追歼俄军，在奥斯特里茨与俄奥军形成对峙。此时此地，联军兵力有九万之众，并且俄军后继部队还正在源源不断地开来，查理大公率领的奥军亦正向这里靠拢，而法军却只有六万部队，形势异常严峻。

拿破仑到底是一位雄才大略的人，他把在战场上的死拼硬打同运用智慧作了完美的结合，智勇双全，先智后勇。十一月二十五日，他故意让法军后退几英里，然后派其侍卫长萨瓦里将军举着休战旗，向年轻的沙皇亚历山大递交一封休战书，要求停战二十四小时。果然，信以为真的沙皇派出特使与法军谈判，拿破仑更装出一副忧心的样子加以迷惑，这让俄奥两国皇帝兴奋不已，认为拿破仑已经胆怯了。可实际上，拿破仑正是利用这短短的二十四小时，调兵遣将集中了优势兵力。十二月二日，经过三方周密布兵排阵，斗智斗勇，世界战争史上最著名、最辉煌的一次战役打响了。这一天，在奥斯特里茨村以西、维也纳以北七十五英里的普拉岑高地周围的丘陵地带上，三国皇帝展开了一场猛烈而又残酷的大战。

战斗开始于拂晓之前，沙皇亚历山大和奥皇弗兰茨一致认为拿破仑已成强弩之末，所以奥俄联军首先开始行动，八万大军兵分六路：北面的两个纵队由巴格拉季昂亲王和列克敦斯坦亲王指挥，牵制贝尔纳多特的第一军和拉纳的第五军驻守的法军左翼；在他们身后充当预备队的是康斯坦丁大公指挥的沙俄近卫军；中部，柯罗华特的奥军二万五千人，负责驻守普拉岑高地。联军的主攻方向是法军相对单薄的右翼，承担这一任务的是由俄将布霍夫登指挥的共三万三千人的三个纵队。

进攻一开始，奥俄联军由于数量上占优，作战取得一定进展，特尔尼茨村和佐支尔尼茨村相继失守，法军右翼也被突破。拿破仑见状立即将准备用作预备队的达武元帅的第三军调了上来，向联军左翼进行反复冲击，双方展开煎熬人的拉锯战。九时左右，柯罗华特按捺不住，率两万五千奥军冲下普拉岑高地，企图联合进攻法军右翼，连沙皇亚历山大本人以及联军总司令库图佐夫也忘乎所以，跟随众人一起向山下冲锋。

此时，普拉岑高地几乎空无一人，智慧超人的拿破仑，见机立即命令苏尔特率两个师占领了这个要点，使得他成功地在联军的两翼之间打进一个楔子。沙皇和库图佐夫这才意识到普拉岑高地这个中央阵地的失去，对联军的侧后方构成了极大威胁。他们急忙将所有的后备部队调集在一起，欲以夺回高地。然而此时，拿破仑已经命令全部左翼部队，即拉纳和贝尔纳多特的部队，在近卫军和缪拉骑兵的支援下，向联军北路全线推进。巴格拉季昂亲王和列克敦斯坦亲王的两路纵队在激战中先后败北。这样法军左翼部队就腾出了手来，前去支援正在遭受围攻的法军中路部队。

法俄双方在普拉岑高地周围展开了激烈的冲锋战，双方你来我往只几个回合，联军总指挥库图佐夫受伤，二皇狼狈逃走，数万部队成了无头羊群，如决了堤的洪水，溃不成军。面对大好时机，拿破仑乘势命令苏尔特军冲下高地支援右路的达武军。在法军强大炮火的轰击下，联军右翼也很快被挤压到狄尔尼兹和察特卡尼之间半结冰的湖面上。冰封的湖面被炮火击碎，联军士兵要么掉入湖中被冰冷的湖水淹死，要么饮弹而亡，其余的则当了俘虏，至此，联军完全为拿破仑所打败。此仗，不过四个小时，俄奥皇帝指挥下的四万大军伤亡两万七千多人，损失火炮一百五十五门，而法军以六万五千人参战，仅伤亡八千八百人。

次日清晨，惊魂未定的奥皇派列克敦斯坦亲王向拿破仑请求休战，拿破仑以所有俄军撤出奥地利为要挟，奥皇迫于无奈，在普莱斯堡举行和谈，并于十二月二十七日签订《普莱斯堡和约》，第三次反法同盟宣告解体。

奥斯特里茨之战是拿破仑一生中的经典战役，为他赢得了欧洲第一名将的美誉，并且胜利之日又正好是拿破仑加冕为法国皇帝一周年纪念日。此次“三皇会战”无论在军事方面还是在政治方面，无论智慧与胆略，拿破仑显然都表现得更为出色，其雄才大略令人钦敬。

拿破仑征战一生，曾经横扫欧洲，虽然每一次战争的目的十分明显，但综合起来看还是弄不明白他把全部的生命都用来打仗，到底是为了维护既得利益，还是为了掠夺更多的土地?而我们最后知道的却是，拿破仑无论一生怎样的不可一世，战功彪炳，被誉为盖世英雄，也无论为法国扩充了面积多么广阔的土地，最终亦不过在巴黎一千八百平方公里的市区面积上获得百来平方米的葬身之地。而且还是法国政府不得不一而再再而三地向英国政府请求，方有了他遗骸的运回。对于他个人来说，以悲剧的形式结束了短暂的人生，但整个欧洲却并未因为他的逝去而安静。人类在继承文明的同时，其实也在继承战争，这样的想法是我来到奥地利维也纳亦即奥斯特里茨之战爆发地而生发的，也算是触景生情吧。

血水染红莱茵河

德国，一个让人不太好理解的国度。

德国，一个让人有说不完话题的国度。

德国的历史并不算悠久，公元486年建立法兰克王国，一八七一年普鲁士建立统一的德意志帝国。但却在不到三十年的时间里，挑起第一次世界大战，发动第二次世界大战，为人类带来前所未有的空前大灾难。德国的自然资源并不丰富，三十五点七万平方公里的土地，南部为高原、山地，中部为起伏的丘陵，北部为冰碛平原。但他们的勤劳和独有的科技才能，使其成为世界上最富有经济上最发达的国家之一，全世界每年举行的国际博览会一百五十个，有三分之二在德国。

德国圣哲如云，历史文化沉淀深厚，自中世纪以来，它便被称作为诗人、音乐家、思想家的国度。在哲学圣坛上康德的“批判系列”、黑格尔的“大小逻辑”、马克思的共产主义学说高峰林立；在文学的星空中的歌德、海涅，无不熠熠生辉；在音乐世界里，巴赫、贝多芬、舒曼等大师为人类奉献了多少脍炙人口的不朽作品。

当然，人们怎么都不会忘记战争和曾经导演过战争的恶魔——希特勒。

所以，当我们离开卢森堡前往德国途中，我就一直在想德国之行会带给我们哪些关于战争的有益启示?

我们此行并非考察德国的全部，而只是从卢森堡到德国西部边城科布伦茨后改乘游船，逆莱茵河而上到宾根，游览莱茵河这最美丽的一段，最后的落脚点是有八百年历史，集文化、金融、交通于一体的世界名城法兰克福。此刻，时已至下午三点半钟，西斜的阳光静静地抛洒在宽阔的河面上，微波轻泛，波光点点，充满无限柔情。

莱茵河发端于瑞士的阿尔卑斯山，欧洲第三大河，流经德国段约五百公里。并以科布伦茨为界，其以下河段水流较为平缓，由此上溯至宾根约九十公里，则两岸重峦叠嶂，峰岩林立，悬崖高耸，山谷陡峭。河流在山间逶迤穿行，形成了不少险滩和湍流。沿途有架子一直搭到山顶的葡萄园、神秘的城堡和围在教堂四周的村庄，诗人拜伦、海涅、歌德都不约而同地在他们的诗中，深情地呼唤它为“父亲的莱茵河”。

游船在河面上平稳地航行，青山绿水缓缓扑入眼帘，宛如电影中移动的慢镜头，加之熏风拂面，河鸥随船而翔，诗情画意，令人如痴如醉。渐渐地两岸青翠葱茏的山峦上，巍然屹立的古城堡多了起来，或依山而建或高高地耸峙山巅，雄伟险峻，美丽古雅。领队告诉我们，古城堡是莱茵河两岸最具特色的建筑，仅流经德国五百公里的河段上就有八百余座。它们大都建于神圣罗马帝国初兴时期，至今已有近千年历史。看到这些城堡就想到了战争。尤其，就想到一九四五年初即第二次世界大战结束前夕，发生在莱茵河畔西方盟军对德国纳粹的最后反击战。

一九四五年二月初，美英等盟军已全线进抵莱茵地区，并且开始肃清河两岸从荷兰阿纳姆到瑞士边界的德军，为渡过莱茵河向德国腹地进军作准备。这时的德军刚刚遭受阿登战役的失败，士气低落，兵力和装备基本得不到补给，几乎失去了抵抗力。三月七日，美国第一集团军第九装甲师进抵河畔小城雷马根。

初春的莱茵河水流渐渐丰沛，亦显得清澈和媚妩，河边的苇草露出浅绿色的嫩尖，燕子掠水而过，大地萌发出淡淡的初春景色。在这样的季节里进行一场战争，真应有糟蹋了上苍恩赐于人间美景的负罪感。但战争没有什么理性可讲，美军来到河边，莱茵河上的鲁登道夫大桥完好无损地横在那里，难道其中有诈?随后查明，德国人正准备下午四时炸桥。于是美军坦克当即向大桥四周开火，无意中炸断了德军铺设的导火线。下午，德国人再扭动开关引爆炸药时，自然不会有什么动静。美军摸索着冲过大桥，顺利在桥东建立起第一座桥头堡。德国守军顿时慌了手脚，急忙组织阻击。

莱茵河东岸枪声大作，炮声隆隆，如此冲锋和反冲锋、占领和反占领持续了三天。清碧的莱茵河水顿时溅落一团团殷红的鲜血，洇染开来，像一蓬蓬浮莲飘荡在水面。此时，假若不是因为战争而流血，那么，人们看到的将是生命所绽放的绚烂之花。它如此之美艳，像灵魂的凝结。三天后，美军在东岸击退了德军多次疯狂反扑，有四个师渡过莱茵河。

挺进德国腹地的大门豁然洞开，到了月底，美、英、加、法西方盟军约八十五个师先后抢占了莱茵河上多处渡口，浩浩荡荡呈扇形向北向东向南推进。三月二十九日，盟军最高统帅艾森豪威尔向盟军下达命令："盟军的主要突击方向不是柏林，而是莱比锡的赫德累斯顿"。英国首相丘吉尔听到消息却大为恼怒。他认为"柏林是头等重要的政治目标"，因为战后欧洲的争斗显然将会在英美与苏联之间进行。他赶紧打电报给美国罗斯福总统，反复申述说："我们应该尽可能地向欧洲东部推进，如果能拿下柏林的话，就应该占领它。"但是，罗斯福回电表示全力支持艾森豪威尔的决定。

实际上，艾森豪威尔不去攻打柏林自有道理。首先，因为希特勒发动阿登反扑战，盟军的东进速度被延期了近两个月，当西击的苏军距离柏林只有六十公里时，盟军却远在四百八十公里之外，争夺柏林的竞赛显然希望不在盟军一方。另外，希特勒一直盘踞在柏林，困兽犹斗，防线层层，强大的炮火，一百二十多万人的守城部队，强攻之必然付出重大伤亡代价。还有更深一层的道理是，美国希望争取苏联参加东方战线的对日作战，那么必须在欧洲战场上对苏联有所谦让。

四月一日，美国第一和第九集团军渡过莱茵河之后，迅速对其下游德国最重要的鲁尔工业区形成包围，将德B集团军群十八个师围困于此。德军组织了两次大规模疯狂突围均告失败。四月十四日，德军莫德尔元帅不得不下令解散B集团军群，以免被全歼或遭受投降之辱。士兵们有三条出路：回家去、以个人身份投降、自行突围。四月十八日，被围德军陆续投降，莫德尔自杀。

鲁尔战役尚未结束，美国第一和第九集团军又日夜兼程，每天以五百八十公里的速度向东挺进，四月十九日占领莱比锡，四月二十日攻下纽伦堡，四月三十日解放慕尼黑。也就在这一天，英勇的苏联红军攻人距离希特勒总理府地堡约五百米的地方。下午三时，不可一世的希特勒与他身边的人一一凄惨地握手告别，然后走进地下室饮弹自毙，苏联红军最终攻克柏林。

这期间德军的残兵败将像潮水一般涌往西线，纷纷向美英军队投降。因为，他们中的许多人在苏联作恶多端，深怕遭到苏军的严惩，所以尽量避免被苏军俘虏。法西斯德国山穷水尽，走投无路。五月七日，被希特勒遗嘱任命为德国总统的海军元帅邓尼茨，指派约德尔前往盟军司令部所在地法国的兰斯，向盟军投降，签署投降书。然而，斯大林很不满意兰斯的投降仪式。他认为苏军是战胜德军的主力，柏林被苏军攻克，投降仪式应在柏林举行，并必须有苏联政府派人参加。苏、美、英三国协商之后，五月八日二十四时，在苏军元帅朱可夫的主持下，德国投降签字仪式在柏林如期举行，打了六年之久的第二次世界大战终于要慢慢地拉上幕布了……

游船航行到宾根的一个小镇靠岸，大巴车已经走陆路先期抵达。天色苍苍，能够看到淡淡的暮霭静静地悬在山间，远处山头上的城堡和近处村舍中的教堂都沐浴在斜阳之下。再看看莱茵河，依然悄无声息地流淌，阳光照射，波纹闪烁。人的思绪往往在这个时刻最为活跃，大巴车一直沿着莱茵河行驶前往法兰克福。我想，历史其实也是一条浩荡的长河，无论是清流还是浊水。

“自从野兽不再对人类生活构成危险后，暴力的使用转向了人类自己，成为解决重大争端的一个主要手段，人类历史上因而充满了战争。”大巴车行驶在第二次世界大战的策源地上，面对着今非昔比的山川景物，宁静而祥和的气息，B·艾伦莱希《血的仪式》中的一段话回响在耳畔。这或许可以成为人类历史上许多次战争的精彩旁白。

永恒的希望和恐惧

从法国去卢森堡有两条比较好走的路，一条是由西向东几乎笔直的高速公路，两旁田畴肥沃平坦，目光可以放长到极远处，所以，这一带是法国葡萄酒的主产区之一，显示葡萄酒酿制厂的标牌不时从眼前闪过。它通过法国东部一个叫作梅斯的地方向左拐弯九十度北行，约一个小时车程便抵达卢森堡大公国境内。另一条是东出巴黎市区向法国东北部行驶，穿过比利时东南部再折向正东，从比利时国东南角进入卢森堡。但就是这么稍稍调整了一下车头，车窗外的景致则随之发生了令人惊奇的变化。这一带法、比、卢三国交界，地势起伏，山峦连绵，林木蓊郁，与一望无际的平原相比，大巴车似乎进入了一个极为幽静的世界，地理上叫它阿登山区。然而，如此美丽的山丘、松树、溪水，却是印证着一场近似现代化的战争，条条山壑和岭脉曾经遍地尸首，狼烟腾空。

据资料记载，一九四四年十二月十六日至一九四五年一月二十五日，六十万美军在阿登森林地区，与困兽犹斗的六十万纳粹德军进行了一场“突击部”殊死决战。这场发生在第二次世界大战中西线战场最大的一次阵地战，彻底粉碎了纳粹德国积聚最后精锐力量在西线上演战局大逆转的美梦。美军在战斗中伤八万余人，亡一万九千人，德军方面亦有十万人以上死伤。这一不经意的发现令我惊喜不已，因为我知道阿登之战六十周年即将到来，欧美各国已纷纷表示要举行纪念活动，而在这样的日子里造访卢森堡，必然有着独特的意义。这场战争亦曾令以勇敢无畏著称的天才军事家巴顿，看到战争的残酷血腥而生发与他性格迥然不同的悲哀情绪。当然对阿登之战的详尽了解，则是在我抵达卢森堡参观游览了布克要塞之后。

卢森堡位于欧洲西部，与荷兰、比利时、法国一道共同构成西欧的东大门，处于西欧两大军事强国德国与法国之间的交通要冲。尤其作为卢森堡大公国首都的卢森堡市，在欧洲历史上一直是西班牙、法国、奥地利和普鲁士等列强欲以称雄欧洲的必须争夺的战略要地。尽管自公元963年开始修筑城堡到公元1867年成为中立国，它逐步发展成为一座现代化国际大都市，被称之为欧共体第二政治中心(卢森堡是欧洲经济共同体发起国之一，不仅设有欧共最高法院，欧洲议会秘书处，审计院，常住官员达五千余名，而且欧洲投资银行，煤铁企业总部亦设于此，享有“小瑞士”、“钢铁金融王国”美称)，但一八六七年尚未成为中立国之前，它却一直在不停地精心修筑“大城堡”。军事家们形象地说，它的整个城市看起来更是像一座森严壁垒的大雕“堡”。现在仍保存于旧城区基布克悬崖上的布克要塞，就是曾经受到兵家竞相争夺的历史缩影。

大巴车驶入卢森堡市区。尽管现代化的高楼大厦、古城堡、教堂纷纷扑入眼帘，但它那极富田园风光的别致景色，更令人赏心悦目。整个城市沿着一条河谷两岸丘陵修建，山深谷奇，溪流蜿蜒穿行在峡谷之间，谷底青草依依，还种有一畦一畦的蔬菜，现出难得的城中田园景色。老城区的环境更是古色占香。哥特式建筑色彩鲜明，文艺复兴式礼拜堂的尖顶点缀其间；窄小的鹅卵石小路曲折于民居之中，衬以绿树和家家户户窗台上的鲜花，幽静而不失生机盎然。所以，卢森堡又有欧洲“绿色心脏”之称。

布克要塞建在佩特斯谷基布克悬崖峭壁上，由暗堡、地道、炮台构成，居高临下，易守难攻。是保卫卢森堡的最佳防线。暗堡与炮台之间经过地道相连。形成一个防御整体。其中，地道就有一人多高，弯弯曲曲，长达二十一公里，并于迂回曲折中分隔出多间暗室。至今。廊道墙壁上仍布满枪眼弹孔，可见，当年这里曾经进行过的战斗是多么的激烈，双方肉博惊心动魄。欧洲维也纳会议后，卢森堡成为永久中立国，根据“伦敦协议”有关规定，部分要塞被拆除，仅留下百分之十供人凭吊、游览、纪念。

布克要塞所以逐渐失去其战略意义，变作残垣断壁、斑驳陆离的古迹，最主要的原因首先是它被冷兵器时代所抛弃。随着人类文明的进步，告别长刀短剑的同时，诸如城堡、石墙、地道等等与之相配的土石工事。在巨大的炮弹与火药的爆炸声中，化作文明的废墟，热兵器战争需要的是坚不可摧的钢铁。所以。距一八六七年之后七十七年的一九四四年。当第二次世界大战进入尾声的时候。美军第三集团军就曾与节节败退的德军，在卢森堡西北部阿登山区上演了一处热兵器时代的经典之战。

一九四四年十二月十六日，希特勒不顾其他将领的反对，拼凑了二十五个师，在阿登山区实施反扑，企图以优势兵力突破盟军防线，越过法国东北部靠近比利时的默兹河，直插西北方向的安特卫普，断绝经安特卫普的海上运输线，将盟军分割歼灭，以便而后集中兵力调头向东对付苏军。在阿登一线驻防的美军第一集团军的第五、第八两军六个师猝不及防，当即被德军冲垮，形势异常危险。十二月十九日，欧洲盟军总司令艾森豪威尔召集高级将领开会，欲以紧急做出反击部署。

巴顿将军根据德军兵力集结的情报，对这次反扑及其方向早已有所察觉，他在十六日早晨就已下令令他的参谋部拟订了一个作战计划，让第三集团军放弃东进，来一个九十度大转弯，向德军侧翼实施进攻。因此，当盟军为粉碎德军反扑而进行紧急部署调整时，艾森豪威尔问巴顿：你的部队何时可以对德军发动进攻？巴顿回答说，十二月二十二日早晨即可开战。他的回答不仅使与会的司令部人员大为惊讶，就连艾森豪威尔也以为巴顿在故意挖苦人，气恼地训斥他："别胡闹，乔治。"

巴顿不动声色地说："不是胡闹，将军。我已经做好了安排，我的参谋人员正在全力以赴地拟定作战细节。"他介绍了自己的作战计划后，又补充说："我肯定可以在二十二日发起强大攻势，不能等待，否则会失去出其不意的效果。"当然，艾森豪威尔对巴顿的怀疑是有依据的，这位以"战争是人类所能参加的最壮丽的竞赛"为座右铭的军事天才，两年前才从掴人事件中解脱出来。一九四三年八月三日，正在北非地中海西西里岛指挥作战的巴顿驱车前线途中，经过第十五后送医院，他欲前往医院视察表达对伤病员诚挚的问候，却偶尔发现一名叫查尔斯·库尔的士兵，蹲在帐篷边上，但并没有负伤。巴顿问他为什么住院，他说我觉得受不了了。巴顿生性豪迈直爽，心目中最不能容的就是战场上的胆小鬼。他听后勃然大怒，大骂库尔，并用手套打他的脸，然后将他推出帐篷：我不允许这样的胆小鬼躲藏在这里，你的行为已经损坏了我们的声誉。就是这么一个掌掴事件，令巴顿

永恒的希望在恐惧里

失去了指挥美国第五集团军进攻意大利本土的机会，并被免去第七集团军司令的职务。

散会以后，巴顿和他的司令部参谋人员立即投入到紧张的准备工作之中。十二月二十二日早六时，巴顿用第三军的三个师如期在南部发起进攻。战斗进展顺利，到二十四日，巴顿已摧毁了德第七集团军在左翼建起的保障中央进攻的屏障依托。紧接着巴顿命令第四装甲师“拼命狂奔”前去解救陷于德军重围的比利时东南部重镇巴斯托涅。巴斯托涅是美军阻挡德军推进的一个钉子，一千八百名美军死守孤城，顽强抗击希特勒两个最凶猛的军团的进攻。二十六日凌晨，加菲将军的坦克冲进巴斯托涅与守军会师。次日，后继大部队沿着打通的道路驶入城内，最终粉碎了德军的围攻。加菲将军的第四装甲师随即在第九装甲师和第八十步兵师的支援下，开始扩大通道并打通了比利时与卢森堡交界处的阿尔隆通往巴斯托涅的公路。

十二月二十九日，巴顿挥师北上向赫法利策进军。突破阿登美军防线的德军受到南北夹击，被迫撤回，战线恢复。

阿登战役是第二次世界大战中西线战场最大的一次阵地战，也是第三集团军遭遇到的最为残酷的一次战斗，战死一万余人，受伤七万余人。对此，就连一向以勇敢无畏著称的巴顿也产生了与他性格迥然不同的悲哀。一月十六日，第三集团军经过血战后在乌法利兹与友军胜利会师，当时全军都在为胜利而欢呼雀跃，而巴顿却躲进自己的办公室，悄悄写下一首凄婉忧伤的小诗，表达他对战争残酷性的深刻体味：

噢！乌法利兹，小小的城镇，
我看见他们依旧躺在那里。
起伏破碎的街道，
只有飞机在上空翱翔。
夜色如墨的街道，
见不到一丝可怜的灯光。
永恒的希望和恐惧被带入地狱。

阿登战役为奠定盟军在第二次世界大战取得最终胜利起到了决定性作用，为了纪念这场血腥而又有不同寻常意义的战争，盟军于当月底便作出决定，在卢森堡市东南部修建一座雄伟壮观的美军阵亡将士公墓。

我们抵达卢森堡时正值中午，五月的阳光和煦而又温暖，民风淳朴，酷爱音乐的卢森堡市民正聚集在圣母院教堂前的广场上，有的喝啤酒，有的在唱歌，吹吹打打，歌舞升平，热闹异常。而距其约十五分钟车程的地方，便是埋葬美军将士的哈姆美军公墓。

阵亡将士分别埋葬在九个墓区中，立碑五千零七十六块。此外，尚葬有一百零一位无名将士，他们的墓碑上镌刻着：“只有上帝才知道”的碑文。其实也是一种无可奈何的褒奖。公墓中安葬的将士中军阶最低的是列兵，最高的是四星上将乔治·巴顿。巴顿既是阿登之战的直接指挥者、参与者，又是整个二次大战盟军中表现最英勇和睿智的高级将领，叱咤风云，功勋卓著，所向披靡，他出现在哪里，哪里的敌军就闻风丧胆。遗憾的是他没有战死在沙场，却意外地殒命于一次车祸。一九四五年十二月九日，刚刚度过六十岁生日的巴顿，预定从德国返回美国并可能就此退休的前夕，乘车前去莱因法尔地区的施佩耶尔打猎，途中突然遭遇车祸，颈部被严重折断。生命危在旦夕，巴顿的妻子比阿特丽斯立刻从美国飞到海德堡医院。为了宽慰她和身边医务人员，巴顿乐观并顽强地同伤病作最后的抗争，幽默地说，这是他最后一次指挥壮烈的战争。十二月二十一日下午五时四十九分，巴顿长眠于妻子怀中……一颗耀眼的将星，永远消失在欧洲深邃的夜空。

几天以后，在一个浓雾迷漫、阴雨绵绵的早晨，根据巴顿将军生前遗愿，人们将他的遗体运回卢森堡，安葬于哈姆美军公墓，永远与他的士兵安息在一起。他的墓与其他将士的墓基本相同，只是放在了墓区的最前面，因为他在战场上总是身先士卒。另外，十字架略大一些，墓碑上的墓志铭也非常简单：

乔治·S·巴顿

第三军团上将

军号02605

“永恒的希望和恐惧被带入地狱！”

闲话太极

出郑州过黄河，向西向北向东，是一望无际的豫北平原，黄土浩荡，天便显得高远。愈向里挺入腹地，中华古文化的氛围就愈加浓烈。生活在这里的人时常向外界炫耀：“天底下地下埋的，水中游的，天上飞的，地上走的，其根无不在豫中。”此话有过，却也颇含几分道理。安阳殷墟，郑州商址，洛阳、开封古都，若用直线将其几点相连，呈出一个规整的文化大三角，在此数万平方公里地域里，无人可说清这里的文化沉淀层有多厚。

是为本文小序。

1

风靡已久的《易经》热持续不降，“太极”之说沸扬四起，市场上就已出现有以太极为名的计算机和酒。不知始于何时，有人开始把太极拳简称太极。但若问缘于何地，不约而同，河南温县陈家沟是也。

本文题目太极，乃太极拳所指。太极，最早见于《易·系辞上》：“易有太极，是生两仪，两仪生四象，四象生八卦。”易，宇宙变化之过程，太极则宇宙变化之本始。两仪即阴阳，四象为四时，八卦指天、地、雷、风、水、火、山、泽诸种自然现象。而对于太极的诠释，历来众说纷纭。三国魏王弼解为“无”：“太极者无极之称。”北宋周敦颐说：“无极而太极，太极动而生阳，动极而静，静而生阴，静极复动。一动一静，互为其根。”南宋朱熹则解释为：“太极至高至妙，无形无状。”不一而足。

太极拳运动的理论渊源，当出自《易经》：“刚柔相推，变在其中。”但作为拳理的提出则在东汉。东汉时魏伯阳在《周易参同契》一书中，以《周易》的爻象为符号，作人体内在机理探讨，科学地论及人体元气（真气），即所谓“能量流”之运动演变规律。后人将此用于武术，太极拳由此而生。

太极为拳，始于明末清初河南温县陈家沟陈氏第九世陈王庭（字奏庭，约公元1600—1608）。这是我国武术考证家、著名剑术大师唐豪先生三下陈家沟，考查数月之久所得结论。

陈家沟陈氏第一世陈卜，原籍山西泽州郡（今晋城）。明洪武初年，先南迁河南沁阳，后又迁至温县城东十华里常扬村。休养生息数百年，随着陈氏人丁繁衍，常扬村遂改名陈家沟。

温县亦是座千年古城，南临滔滔黄河，北望巍巍太行，西南去洛阳，东南走开封，正处中原文化大三角腹地，殷、商文化交融。县孝敬里即为三国时魏国大臣、晋朝追封宣帝司马懿故所，至今那一带司马姓者甚众。以县城为中心，向东西北延伸几十、百余里不等，无山无岭，无沟少水，四季犹为分明，盛产麦、秫、谷，是一方富庶土地。

地杰人灵。陈卜原本精通拳械，并历世相传，因直至清乾隆年始立《陈氏家乘》，此距南迁时已相去近四百年，故人物事迹缺乏文字记载，有关拳术也无著述，仅凭口传。到陈氏第九世文武兼备的陈王庭，依据祖传拳械，统纳诸家拳法精华，结合中医经络学说导引、吐纳术，以太极阴阳之说为理，创编陈式太极拳。其有《拳经总歌》和《长短句》辞为证："……蒙恩赐，枉徒然，到而今，年老残喘，只落得《黄庭》一卷随身伴。闷来时造拳，忙来时耕田，趁余闲，教下些弟子儿孙，成龙成虎任方便……"

导引和吐纳亦即行气，是我国源远流长的养生术。古语道："行气，深则蓄，伸则下，下则定，定则固，固则萌，萌则长，长则退，退则天，天几桩在上，地几桩在下，顺则生，逆则亡。"陈王庭把武术中的手、眼、身法、步法有机地融进导引、吐纳，使意识、呼吸、动作三者完美结合，形成"内外合一"的内功拳。这也符合了庄子"天人合一"的道家学说。

经络学说至今仍为医学界所争议，但古人颇不以为然，即指源于脏腑，流于肢体，布满人体的气血通路。气血失调，神机反常而百疾生；气血调和，则身强机荡，延年祛病。陈王庭将经络理论引进拳术，创编成缠绕螺旋运动方式的套路，并以"无形无迹"为最高境界，定名太极拳。

太极拳，其动作多呈弧形，圆活连贯，刚柔相济，内气发于丹田；运动时，以腰为轴，轻旋缓转；腰隙左右抽换，转脊，带动周身，达于四梢，复归丹田。并"一动无有不动"，"触之则旋转自如"，"化即打，打即化"，使健身和技击兼备。

陈王庭博采众长，在创编太极套路基础上，又创编了与之相辅助的拳械单练、对练套路。著名的有太极五路，炮捶一路，长拳一百单八式，刀、枪、剑、棍、锏、钩、斧、叉、耙，以及双人粘枪、八杆、杆梢对打。

陈王庭别出心裁，在太极技击上首创太极推手。推手可谓中国功夫一绝，使实践技击与验证太极功夫更富有实战内容，成为随时随地皆可搭手练习的一种竞技功法。

“纵放屈伸人莫知，诸靠缠绕我皆依。”陈王庭创太极拳凡四百余年，陈家沟人世代沿袭，习拳之风蔚然兴起，名手辈出，历久不衰。是故，陈家沟自古流传有“喝喝陈沟水，都会跷跷腿”，“会不会，金刚大捣碓”的佳话。

2

陈王庭虽然创编了太极拳，但其太极功夫究竟如何，特别是实战效果，史料并无记载，只是民间略有传闻：陈王庭走镖山东，曾扫荡群匪千余。仅此而已。

到陈氏第十四世陈长兴，太极拳方发展到一崭新高度。陈长兴拳技高超，创造性地丰富其内容，所著《太极拳十大要论》、《太极拳战斗篇》、《太极拳用武要言》流传至今，被太极拳家们尊为圣典。

十大要论，即理、气、三节、四梢、五脏、三合、六进、身法、步法、刚柔。陈长兴还将道家思想贯穿太极拳理：天人合一，一本可散为万珠，而万珠咸归于一本；太极千变万化，无往非劲，势虽不侔，而劲归于一者，自顶至足，内有脏腑筋骨，外有肌肤皮肉，四肢百骸相关而为一；破之而不开，撞之而不散，上欲动而下相随，下欲动而上自领，四下动而中部应，中部动而上下和，内外相连，前后相需，即所谓一以贯之。

但是，陈长兴强调“上下表里联络，四肢百骸总归一气”，并未忽视“心”在拳术中的统领地位。他在《太极拳十大要论》中写道：“拳由心发，以身催手，一肢动百骸皆随；心气发，四肢皆动，足起有地，动转有位。”可见，练掌练心，此话甚为在理。陈长兴依据新拳理，着意对太极拳进行删繁就简改造，流传至今的太极一路二路（二路太极俗称炮捶）即出自他手。

陈长兴熟谙太极拳理，功夫纯青，无论是否在练拳，周身姿端势正，或立或行，举手投足，均立身中正。他双手粘劲极大，据传，一手按在紫檀木大理石面的八仙桌上，可将桌子粘离地面。

“神穆穆，貌皇皇，气象混沌，虚灵具一心，万象藏五蕴，寂然不动若愚人，谁知道阴阳结合在此身，凭任他四面八方人难近。纵有那猛勇过人，突然侵，倾者倾，跌者跌，莫测其神。且更有那去难去，进难进，如同站在圆石头上立不稳，实在险峻，后悔难免陨。有别法门，只要功夫纯，全凭着，一开一合，一笔横扫千人军。”

太极神功到陈长兴方有记载，尤其传至陈长兴之子陈耕耘，太极拳技击技艺和实战事迹时有辑录。陈氏太极拳第十九世传人陈小旺，在他《论太极拳的五层功夫》一文中，曾对陈耕耘精湛的拳技有过生动记载。

陈氏家庭自陈王庭创立太极拳始，几乎历代以保镖为业，且多在高手云集的山东。陈耕耘曾走镖山东掖县。当晚，镖车停在一家私人开设的小吃住店里。晚饭后，陈耕耘约随镖车前来的记账先生往村头看戏，消遣漫漫黑夜。邻村有一拳技名手，武艺高强，弟子众多。他探得陈耕耘的消息，有心试探太极功夫，如果不怎么样，待镖车进入山区，就要动手抢劫。他让几十名弟子装扮成看戏人，将陈耕耘团团围住，然后前拥后挤，在陈耕耘身上撞来撞去。但是无论这几十人如何动作，陈耕耘始终目光不离戏台，步法沉稳。实在耐不住便左右转动身体，凡近身者，皆倾的倾跌的跌。虽大家暗中较量，不动声色，陈耕耘想还是三十六计走为上计，对方毕竟几十条好汉。陈家沟虽人人各怀绝技，却都是憨厚守本分之人，尤讲武德。善者不来，来者不善：“今天这戏咱不能看了，回去吧。”陈耕耘拉着被推挤得不知如何是好的记账先生。

那帮故意惹起事端的人，听陈耕耘说要走，先自作鸟兽散，也都悄然离开戏场。回店的路上有一段两面均为水池。唯中间有田埂似的小路，那帮人跑过对面，堵住耕耘去路，欲待他走过时把他推进水中。陈耕耘识破对方企图，留下记账先生，掏出随身带来的长杆烟袋，口喊：“借光！借光！”闯进人群。但见他烟袋杆轻拨，那些人立刻失去平衡下饺子似滚进水塘中，后面十余人见状，皆落荒而逃。

主角未出台亮相，事情还没有完。第二天，陈耕耘正坐在店内准备吸过一袋烟就启程赶路，忽有一彪形大汉闯到屋门前（此人正是邻村那图谋不轨的帮主）。他进门便喊：“久仰，陈师傅！”随之躬身下拜。眼看他将腰弯到九十度，却呼的一声照陈耕耘猛扑过来，双掌大有将其连人带椅按碎之势。陈耕耘处变不惊，待那人扑到胸前，说时迟那时快，他轻旋上身，使对方双掌扑空。同时，他抖腰进右肩，击对方胸下部，只见那人腾空而起，被扔至门口。对手果然身手不凡，他用双脚尖钩住门槛，一个空翻稳稳落地，不待缓气，以泰山压顶之势反扑过来。

此时，陈耕耘已经站起，以静待动。对方拳脚并用，步急拳猛。耕耘不等对方扑到身前，进身将打来之拳接住，并向下挽其右胳膊，然后进步栽靠，触其右肋，再次将其打至屋外，且脊背着地后挫丈余远，半天爬不起来……

未料，那人竟是一性情豪爽之侠客，对陈耕耘的拳艺心悦诚服，不计受挫，反而再三诚恳挽留耕耘住下，又将所有的徒弟召来，当面叩头拜师。并请石匠刻碑，立于村口，把此次交手经过，如实记载碑上。

太极，自此逐渐流传于世。

3

太极拳虽历代传习，并一代胜似一代，武林中人却都知道，它的后传是在半封闭半隐秘状态中进行的。陈家沟有“传里不传外，传男不传女”的说法，即“单传”。所以，时至今日即是在陈家沟，太极拳各门各户的套路亦不尽相同，除拳理、技法大体一致，又各具特色，故陈家沟又有“一人一身一太极”之说。但是，在民间广泛传播的太极拳，如杨式、吴式、武式、孙式却偏偏发端于陈式，且各有近二百、一百年历史不等，倒颇使人顿生疑窦。

陈式太极拳的外传，要追溯到陈氏第十四世陈长兴，首位得陈式太极真传者为河北永年人杨福魁（1799—1871，又名杨露禅，小名禅来）。

拳理博大精深，功夫卓绝，被誉为“一代枭雄”的陈长兴，晚年在陈家沟开办武学，躬亲讲授。武场设在离家百丈之遥的陈德湖家的大院里。此时，陈德湖家中有一长工，即杨露禅。杨氏原在陈德湖开设在河北永年县的中药店里做工，后随陈来到陈家沟做陈家长工。受陈家沟家家户户练拳的熏染，杨露禅极想学得太极神功，却又担心身为外来人、长工，不便开口，忍不住时就在陈长兴教拳时立于旁边看上几眼。杨露禅是有心之人，看完拳就能记住，然后不事声张，田头地尾暗中练习。

两年之后的一个晚上，杨露禅摸黑练拳，被陈长兴无意看到，年高眼花，看不出像自己的徒弟，就大声询问，杨答是“禅来”。陈长兴顿时被怔住了，奇怪地问道，没见你学拳，咋也会练这式子？杨说，您老人家教拳时我很想学，因怕主人您不同意就在旁边观看，再到没人的地方比划，才练到今天这种模样。说罢施礼叩拜在陈长兴足下。陈被感动，念杨平日勤劳，为人忠厚，于是同陈德湖商量，准许杨可以在闲余时间里学拳。从此，杨露禅正式拜陈长兴为师，刻苦练拳十八年，功夫长进极快。

杨露禅在陈家沟获太极真传，曾打败国内不少有名拳师，被誉为“杨无敌”，后被招进清宫教拳。在清宫跟杨露禅学拳的均是贵族子弟，体质孱弱，难以接受和掌握陈式太极拳的高难度动作，他便将陈式套路中的蹿、蹦、跳等动作加以改进，不纵不跳，柔和易练。后又经其子杨班候、杨健候修改，传至其孙杨澄浦，逐渐演变成目前流行的杨式太极拳。这套拳架势舒展，动作和顺，姿势美观大方，绵里藏针。杨澄浦悉心研究太极拳理，著有《太极拳使用法》等书，并在北京、广州、杭州、上海广收弟子，把太极拳从河南陈家沟一隅推广开来，武林曾有“谁知豫北陈家技，却赖冀南杨氏传”的美谈。

杨露禅在清宫教拳，有满族人徒全佑从学，杨去世徒又从学杨班候。徒学成后将拳技传与其子徒鉴泉（1870—1942），后鉴泉从汉姓吴。吴鉴泉对杨式拳架加以研练，自成一体。其拳架以柔化著称，推手时守静而不忘动，架势大小适中，逐步形成现在以柔见长的吴式太极拳。

武式和孙式太极，是由陈氏另一家族分支传授出去的。陈氏第九世陈王庭创编太极拳后，将拳技传其堂侄陈所乐，自陈所乐始，陈太极分别由第十一世族侄陈光印、陈正如两支下传。武式太极开门人武禹襄（1812—1880），是杨露禅同乡，为得真传长途跋涉来到陈家沟，先求学陈长兴。而陈长兴已年届八旬，不再教拳，其子陈耕耘适逢走镖山东，身边无人，却又难辞武氏热心，遂介绍给陈正如支族第十五世陈青萍。

陈青萍所习太极拳架小而紧凑，是陈式小架的支流。武禹襄学拳极为认真，颇得太极真谛，潜心研练，秉承陈式小架紧凑缠绵的特点，把拳打得轻灵、活泼，步伐迅捷，形成武氏风格。

孙式太极拳鼻祖孙禄堂（1861—1932）原为武林中人，是形意、八卦名家。他原跟随以“半步崩拳打遍天下”形意大师郭云深学拳，后又师从八卦名家，素有“活猴子”之称的程廷华，形意、八卦精华各具。且著有《形意拳学》、《拳意述真》书籍。

孙禄堂抱定“学尽天下拳为我”之宏愿，终生追求武术真谛不懈。他学习太极拳，有一段挺感人的故事。武式太极拳宗师武禹襄，其弟子郝为真在武林中颇有影响。郝为真不幸在北京身患重疾，却囊中羞涩，孙禄堂得知消息，予以慷慨相助，对郝的生活亦细心照顾，使郝得以痊愈。为表谢意，当孙禄堂说出想学太极拳的心愿，郝为真爽快应允。之后，孙禄堂择形意、八卦、太极之精华，贯融一体，形成别有风格的孙式太极拳。孙式太极武式遗韵犹存，开合鼓荡，步活架高，很快在民间得以流传。

太极拳在其四百余年流传历史中，尤其近代拳理精、功夫深者辈出。而能形成独特风格，自成一家的，唯杨、武、吴、孙。古人云："阴极而生阳。"太极拳运动的自身，亦遵循阴阳之理而演变，不久之后，更为适合今人生活情趣的新式太极拳，或许也会应运而生。

4

太极，自明末清初入拳，至今四百年，来自民间普及民间，终成中华一绝。然而，就其拳理来说，并非习者皆明。或一知半解，或以讹传讹。大体说来，以缠丝劲为灵魂，以内劲为统驭，是陈氏太极拳最为突出的特点。"清明在躬，志气为神"，习练太极以"求身之松，心之静，气足神完"。太极一路、二路，或太极推手，均以松柔为拳理，积柔成刚，由慢至快，快后复慢，快慢相间，方达太极称作“懂劲”的最高境界。

劲，不同于力。有力不一定有劲，而有劲必定有力。劲指发源于心之内劲，内劲运转则以气为引导。气蓄于丹田，以意行气，源动腰脊，节节贯注四梢。练至“以气摧形”，用太极拳家们的话说，要达到第五层功夫并非易事。“唯有五阴并五阳，阴阳不偏称妙手”，方可“成于中，形于外”。

“太极拳，缠法也”。在陈式太极拳中，最能体现“劲”的着法当属“缠丝”。缠丝即旋转。缠丝劲最初来源于拳师对于生活的感知。人类在劳动生活中举手投足无时不在使用此法，因为一旦当直线运动变为曲线运动，即可省劲省力。陈太极第十六世传人陈鑫将此技法运动用于拳术，使人与人之间的徒手搏斗达到以小劲胜大劲，以弱胜强，在技击与健身方面亦显示了绝妙的作用。

但是，太极拳中的缠丝，较之生活中的缠丝不尽相同。拳式中的缠丝不仅在位置上变化无穷，陈鑫在《太极拳缠丝精论》中曾对缠法作过归类：进退缠、左右缠、上下缠、里外缠、大小缠、顺逆缠、即引即缠、即进即缠。并且，在身体的不同部位上同样存在缠丝，是一系列无限延长的复杂的空间螺旋运动。所以，有人把太极拳称为“圆形与旋转的运动”。

太极拳家们对缠丝作过诸多的推手试验，证实了它的技击作用。从力的角度看，两力若均走直线，方向相反，相触则形成“顶劲”，力大者胜。此种情况下，力小者若向后退缩，则出现“丢劲”，力大者胜，就要挨打。因此，与对方接触，无论是手、手臂或其他部位，以螺旋形旋转的弧线进退，便可不丢不顶。如果动作方向和时间（势、机）恰到好处，亦即方向正确而时间上稍快于对方，便可在保持自身平衡的条件下出手，牵动对方失衡，从而取胜。

“较量长短”，从太极拳动作路线看，走螺旋形弧线，自然比走直线长，长者胜短者败，因而，缠丝在“较量长短”时的作用自不待言。而且各部位的缠丝具有内在联系与制约，使全身成为一个统一的有机旋转整体，绝非各自缠丝互不关联。

人体在做螺旋运动时，同样会使其骨骼、骨节、肌肉都达到“一动无有不动”的境地，而且当目光不改变方向，腰身向左右进行立体螺旋式的缠丝，体内的脏器，也将有程度不等的运动——自我按摩。古语曰：“流水不腐，户枢不蠹。”人体经常做“缠丝”运动，对舒筋活血有极好的效用，自然能够促进身体的健康。这是缠丝的另一功效，即保健作用。太极拳家多高寿，道理即在于此。

先有缠丝而后有劲，劲以内气运行为引导，这说明太极拳其实是内功与外功相结合的产物，内外兼修，健身与技击兼备。

对于气功家们来说，“静坐养生”是不少人所推崇的功法，但从实际效果观察，强调“静坐”往往偏于静止，甚至走向精神寂灭。太极拳内功的核心是真气运行，有的气功家将其称之为“真气运行法”。真气，是生命活动的物质基础，真气运行在于它能够充分调动人体之本能力量。“中气者太和之气也”，此即说明，阴阳五行之气化生万物，人在自然界中能维持人之精气，方可保持阴阳平衡。从这个角度讲，太极拳是形动于外而精气运于内的气功运动。

如若在太极拳的走势中体现出真气运行，其意识与肢体必须做到松静自然。松静在内功中互为联系。松指形体放松，静指精神凝聚，形神一体。形体松弛，包含肌肉、肌腱、肌膜、关节、内脏，收缩肌和伸张肌均放松为平行状态。“松而不懈，紧而不僵”，拳势方运行自如。

形体放松，意念为先，“意气君来骨肉臣”。在道家称虚静、清静为“恬澹虚无”，即静止意识中的一切活动，进入“致虚极，宁静笃”，即一念无起的自觉状态。意念活动的凝集，从生理上把杂乱无章的、散漫无际的、游移不定的精神活动规律化、集中化、固定化，一念代万念，用真念排除杂念，神守如一，是掌握内功的精华。

道家把生命看作精气神的整体，所谓练精化气，练气化神，神为气之帅。气归丹田，而丹田却非气之源，周身之气皆出于肾，运于脾，藏于肝，涵于心。对于太极拳来说，形在气摧，则招招式式尽得势得机，承转有致。形无形，意无意，无意之中有真意。真脉得气之充盈，拳式既成，气机不停，内外一气皆流转，八体俱运成，机气相接，欲动自若。

陈式太极拳第十八世传人陈照旭，练至“一动一静俱浑然”的第五层功夫，曾嘱人用砖块猛击其躯，而砖块均被一一反弹回去，身上却并无伤痕。可见，气运太极，周身协调，蓄发相变，是何等之巧妙！

5

如同胞之兄弟，太极入拳之时太极推手亦应运而生。推手也有称“打手”的，既是独创性的竞技运动，又是太极拳的辅助练习。二人合练的对抗性推手主要用以检验练拳动作是否规范，功夫达到何种程度。推手是初步的技击实践，练习时可以发劲，不流于花假。“行家搭上手，便知有没有”，推手，是达到太极“懂劲”不可或缺的有效途径。

《拳经总歌》云：“纵放屈伸人莫知，诸靠缠绕我皆依。”这两句话在陈家沟流传甚广，概括地说明了推手的特点。

推手既独立于太极，又以太极为前提而存在，其根据是拳理均出自一脉，同样是阴阳学说。推手要求动静、刚柔、虚实、轻沉兼备，阳不离阴，阴不离阳，阴以阳为主，阳以阴为根，从而体现出刚柔摩荡，阴阳相济的太极韵味，进而达到忽阴忽阳，阴阳无迹可寻的所谓“神明”境界，亦即《周易·系辞》所云：“变动不居，周流六虚，上下无常，刚柔相易，不可为典多，唯变所达。”

推手的另外一种目的是锻炼身手的灵敏度，以使在徒手搏斗中人不知我，我独知人；或彼不动，己不动，彼微动，己先动。即太极拳家们所称之谓“先手”。

和太极拳理相一致，推手也需要内劲。内劲蕴以体内，是以“神舒体静”的松柔中以意贯注而练出来的一种“弹劲”和“韧劲”。柔中有刚为弹劲，刚中有柔为韧劲。所谓“柔里有刚攻不破，刚中无柔不为坚”，辩证地说明了弹劲和韧劲的特性及其对立统一性。内劲具有“神以知来，智以藏往”的特点，隐于内而不显于外，随人之动而不断改变方向，且不使对手有察觉。内劲充沛，弹性和韧性就足。内劲绵软而沉重，外似棉花内如钢铁，行家们的经验之谈是“行气如九曲之珠，无微不到；运动如有炼之钢，无坚不摧。”

内劲极为沉重、虚灵，推手时如果缺内劲，即使已做到一身备五弓，并掌握呼吸、蓄发之间的有机联系，仍不可能将对手“引之使来，不得不来，放之使去，不得不去。”是故，推手如果单凭触觉灵敏，而缺乏一种浑厚轻灵的“极柔软，然后极坚韧”的劲力，则被动而无主动，难以引动对方，或许，易被对方所引落，被动挨打。唯以缠丝劲的沾连粘随为灵魂，刚柔具备之内劲为统驭，磨练出的推手功夫，方可在与对手交手过程中轻柔刚重齐发，处处能控制对手重心，使之失去平衡，越过对手防守轻灵地进逼，使对方不知我手从何而来，达到“出手不见手，手到不能走”的境界。

三十年代，北京吴式太极拳师刘慕三，系吴太极开门人吴鉴泉高足。刘氏学吴太极二十余年，颇得真传，尤其推手功夫或用劲轻灵，或沉着刚健，无不随其心意，当时在北京除吴鉴泉外，无人可与之匹敌。岂料，陈式太极第十七世传人陈发科恰巧此时来到北京授拳，二人以武会友，研练推手。

刘氏足下已有十数人在学太极，得知两位名家比试推手，以为一定异彩纷呈，大开眼界。但见二位师傅弓步搭手，一来一往轻轻划圈。起初定步推手，你进我退，你棚我捋，随来随化，倒也平静。数个回合之后，陈发科拉开了步，屈身下蹲，而上身依然正直沉稳，且由定步改为活步，刘氏则只能勉强应付。待到最后，陈发科坚柔并发，划圆如珠，棚、捋、挤、按、采、挒、肘、靠八门劲道齐用。刘氏已见被动，不能自主，略被前引即俯倾，略被挤按又后仰，腰劲全折，足下如拌蒜，站立不稳，不知不觉就有了顶劲。尽管陈发科点到为止，尚未到翻江倒海、空灵化乌的境地，仅小小捋带，已误将刘氏扭伤，贴上膏药，还疼了近一个月。

在陈式太极拳发源地温县，每年举行一次推手大赛，盛况空前，各路名家高手包括日本太极拳家，也不远万里前来观看，成为温县人的骄傲。

“斯技旁门甚多，虽势有别，概不外乎壮欺弱，慢让快。有力打无力，手慢让手快，是皆先天自然之能，非失学力而有为也。察四两拨千斤，显非力胜，观耋耄能御众亡形，快何能为？”可见，太极推手不是比力而是比技巧。“壮欺弱，慢让快”是自然的本能，不是技巧的功能。

所谓技巧，则是顺应自然以克制自然，达到“弱胜强，慢胜快”。自然界中的杠杆粘点和螺旋转化原理，具有“四两拨千斤”的功能。推手利用这一原理，一切重力均可揉化。利用自然克制自然，这是太极拳的又一奥妙。

6

陈式太极拳虽源远流长，且高手辈出。但因陈家沟人终生耕作在黄土地上，拳艺多在家乡世代相传，即是闯荡在外也多以走镖为生，所以，人们长时期对陈式太极不甚了解，外人更是不得其门而入。史料对陈式太极拳的实战功夫也就多缺乏记载。

到了陈氏第十七世陈发科（1887—1957），由于陈在北京授拳近三十年，人们不但领略了陈式太极的风采，且目睹了陈式太极的神功，写下不少记载文字。尽管这种记载仅局限于陈发科一人（或许是笔者孤陋寡闻），但隐没在沙土地里几百年的太极明珠，终于显现民间，使人们对它的真面目有所了解。

陈发科幼年多病，练了太极拳后他的身体日渐强壮，而且拳愈练愈有兴趣，每日达百遍之多。尤其在太阳胜火的夏日晌午，他头顶炎炎烈日，看着自己的影子练拳。而且还抖大杆子，碗口粗丈余长，每抖就是百下。十七八岁拳艺已相当精湛，二十岁上进城打擂，由于把不可一世的对手打趴下，名声远播。

陈家沟人走镖多在山东，所以陈发科的功夫传到山东大军阀韩复榘耳里，韩命人把陈发科请去，欲令其作武术总教官，被他婉拒。韩感到难堪，为挽回面子韩一定要试试陈发科的武功，陈慷慨应允。韩复榘手下一位武棍，手持五尺矛枪，舞得呼呼生风，眼见枪尖直刺陈发科喉部而来，他稍倾颈，双手大捋，顺势攥握枪杆，轻轻弹抖，仅此一招便用枪的另一端将对手抖出两丈多远。

韩复榘以为陈发科得枪之优势，便命人就地划一圆圈，让陈发科在圈内倒背手站定，叫另一武术教官随意用刀乱砍。刀闪寒光，如急风骤雨，陈发科身闪却似疾燕翻飞，不出圈，不用手，只用陈式太极中的“二起脚”、“双摆莲”，不下几个回合即将大刀踢飞……

一个偶然机会促成陈式太极拳走向社会并愈来愈受到人们的喜爱与关注。一九二八年，在北京私下教授太极拳的陈发科的侄子陈照丕，给在河南老家的陈发科捎信，请他速去北京。当时，陈太极虽久负盛名，但外界尚未广泛流传，富有神秘感，陈照丕在京教拳找上门来比试武功者甚众，叫阵最凶者有称“李氏三雄”三兄弟。陈照丕深知自己武功尚浅，心里没把握，输拳事小，而损了陈式太极名誉却是万万不可的，于是，他写了那封求援信。

陈发科来到北京，由陈照丕带着去会“李氏三雄”。正值夏天的傍晚，李氏三兄弟老二老三在院中乘凉，唯老大坐在屋里喝茶。陈照丕挑帘进屋，不看则已，看过对方便想扭头返回，那李氏块大腰肥，拳头似升。怪不得刚才老二老三说比武的找他大哥就行了。照丕额头冒汗，不免担心：打赢好说，若将三叔打伤，怎向陈家沟人交待？正犹豫间对方发话了：

“是送上门来的吗？”

“您不是要看看陈家拳吗？”陈照丕鼓足勇气，不甘示弱。

“好！”对方呼地起身，铁锤般的拳头砸在桌上，壶碗跳起半尺多高。静立院中的陈发科由不住怒由心生：好轻狂的家伙。他搭起箭步跳入屋里，陈照丕刚闪至一旁，尚未看清是怎样出手的，只听陈发科“哈”的一声吼，房落尘地起土，运用陈太极特有的抖发劲，早将李氏铁塔般的身躯发到门旁窗台上。窗台被压塌，人也趴在地上直哼哼。

“还上来吗？”陈发科转身出门，在院内纳凉的老二老三，见势不妙猫似的后缩。

陈发科单刀赴会，威震“李氏三雄”，轰动了北京城。“北平国术馆”馆长许禹生，在北京武林颇负盛名的武术家李剑华、沈家桢纷纷慕名拜访陈发科。因拜访而比试，因比试而折服，因折服而拜师于陈。一代京剧武生宗师杨小楼，也行了磕头拜师礼。自此，陈式太极拳的真面目方逐渐为外界所认识，所称道。由于北京武友挽留，陈发科在宣武门外骡马市大街“中州会馆”开始以授拳为业。

此间，一位宋姓人氏以拜师学拳为名，佯装有病，暗使绊子，欲踢陈的拳场，被陈发科识破且受到应有制裁。宋氏把陈发科请到家中，备下酒饭，边吃饭边商议学拳事宜。此人体格高大，神清气足，却口称有病，仅吃半碗米饭，便说：“听人讲，太极拳主张用意不用力，若和力大的人交手怎么办？”

陈憨憨地说：“办法应当有，我却不一定行。”

宋提议试试，陈答应。陈左前虚步站立，右手斜在胸前，宋双手按在陈臂上。陈觉得不对劲，退半步说：“你的力总在三百斤以上，我不一定棚得住。”

宋说：“不必客气。”接着急进右步发劲，欲一招取胜。怎奈陈发科艺高胆壮，只见他不惊不忧，反身略向右转，便引动宋氏身向前倾跌。二人离墙甚近，如果宋一头碰到墙上非脑袋开花不可。陈见势不妙，立即转向左方，用右臂托住正在倾跌的宋的胸部。由于宋居心不良，用力过猛，虽避免了撞墙，却前身下倾，额头撞在墙根的脸盆架上，碰出月牙形伤口。

“佩服，佩服！”宋洗净血迹，定要叩头拜师。陈当即推辞说：“这不是我的能耐，你力气大，我本来棚不住，是你用力过猛，收不住脚才跌倒的，怎敢受礼。”

陈发科发扬光大了太极拳，功不可没，有关他的文字记载也最多。其次即为他的父亲，陈式太极拳第十六世传人陈延熙。陈延熙曾在北洋军首领袁世凯家中教袁氏拳术六年，亦有过不少神奇传说。

7

犹如其他优秀文化遗产，近二百年来太极拳的传播枝繁叶茂，陈式太极拳日益为人们所喜爱，有再度一花独放之趋势。且随着对外交流的开始，日本、新加坡、澳大利亚、美国均成立有陈式太极拳研究机构。尤其是日本人，众多太极拳爱好者分批分期赴陈家沟探源，中野春美等人竟肯付出每天七十五元的学费自费到陈家沟学拳。日本太极拳协会还将陈式一、二路名家表演录相带回国内研究。这方面陈式太极拳第十九世传人，现居住澳大利亚的陈小旺做过不少有益工作。

陈小旺系陈式太极拳名家陈照旭之子，陈照奎为其堂叔。小旺原在县办木器加工厂工作，那正是“文革”时，陈式太极拳被当作牛鬼蛇神加以鞭笞，小旺虽深得太极真传，却只能下班后偷着练。当时，除去陈家沟，习武并未在太极拳这块诞生的地方形成风尚，偶有练习者，竟是杨式太极。而在陈家沟太极拳被当作“四旧”批判，却遭到前所未有的抵制，造反派不准年轻人练拳，村里鬓发全白的长者，就看守路口，出工收工每人须练一路拳脚方可放行，凡村中大小集会活动，也要练几路拳方开始。

太极拳在陈家沟终是艰难地传袭下来，历经沧桑而不衰。所以，当“文革”结束之后，这朵民族武林中的奇葩随时运而灿然开放。陈小旺、陈正雷、朱天才等新生代太极名家脱颖而出。其中，以陈小旺功夫为最。笔者曾目睹陈先生舒展自如、浑厚老到的练拳风采，并有幸跟随其学拳半月有余。

一九八二年初冬，河北石家庄，我正在这里读军校，适逢陈小旺到石家庄，来教授由他创编的陈式三十八式太极拳。北风呼啸，卷起漫天尘土，天色灰黄。街上行人稀少，大小商店均挂厚重的棉布帘子，浓浓的冬的景象渐渐接近。而石家庄人学太极拳的热劲却与冬的景象极不谐调，位于城中心工人文化宫广场，每晚有数百男女老少在学太极。

陈小旺来石之际，正值石家庄“陈式太极拳研究会”成立后不久。太极拳在河北省有广泛深厚的群众基础，杨露禅、武禹襄、孙禄堂均属河北太极名家。我虽然生长于太极拳之乡，仅知有陈小旺其人，知有太极拳之名，却并不懂得一招一式。所以，对于学习太极拳几乎没有兴趣。班里恰有一同学素爱武功，他出生江南水乡，习南拳而尚未学过太极，便恳请我以会老乡名义去拜见陈小旺。

终是不好拒绝他的诚意，同时，我也想领略太极拳的神韵。我们空手而去。

体育场内灯光映白了夜空，人群熙攘，或压腿或甩臂，或在练习刚学会的式子。经市体委同志指点，我俩径直来到正接受年轻人咨询的陈小旺面前，用不着介绍，地道的家乡土语出口，两人便不再陌生。陈中等个子，脸盘方正，颧骨略凸，双目机敏睿智，肩宽腰阔臀厚，是练太极拳人所特有的体形。

陈先生教拳极仔细，每个式子反复示范，动作要领和技击特点都要讲到，不时在场内巡视、正架。每次开始教拳前和结束，他都要把整个三十八式的套路重复演练，以加深大家的印象。他演练套路的动作美不胜收，轻灵沉着，发劲震脚，配合协调，正若《洛神赋》中“翩若惊鸿，宛若游龙”所形容的。我们看得如痴如醉，不知不觉加入到学拳队伍里去。

那时，陈先生还正在为人民体育出版社编写《世传陈式太极拳》一书。他文化水平不甚高，写书吃力却态度认真，由他演示的陈式一、二路、三八式太极拳，每个印到书上的插图，要反复拍几张照片。在书中他首次发表《论陈式太极拳的五层功夫》的论文，把高深的太极拳理简单化。凡看罢这篇论文，每位太极拳练习者，都能知道自己达到哪一层功夫，是否已掌握其技击技能。

五层功夫是陈氏先人的经验之谈：一阴九阳根头棍，二阴八阳是散手，三阴七阳犹觉硬，四阴六阳类好手，唯有五阴并五阳，阴阳不偏称妙手。

陈小旺在石家庄授拳半月有余，回陈家沟不久即调入河南省武术馆，成为职业拳师。并开始精心培育其子、陈式太极拳第二十代传人陈鹏飞。许是有着良好的家教渊源，许是遗传基因中有固定的信息密码，小鹏飞学拳很灵，虽然对太极拳他还说不出更多的道理，但对太极拳的套路熟悉，招式里不乏陈式遗风。一九九一年九月，河南省在郑州举行首届“少林武术节”，开幕式上，少年陈鹏飞面对数万名观众及众多记者，在典雅悠扬的乐曲中表演了陈式家传太极拳。他身姿娇小，演练起拳来舒缓有致，轻重错落，将陈式太极之神韵表现得淋漓尽致，令数万观众长时间鼓掌。武术前辈评价他大有可为，舆论界说他是陈式太极拳的希望，他一时成为国内外新闻媒介热点……

太极理循环，相传不计年，此中有精义，动静皆无愆……若问其中意，道理妙而玄，往来如昼夜，日月耀光圆。会得真妙诀，此即太极拳。太极自陈王庭入拳，凡四百年，历久不衰，且有愈加繁荣之势，此无不得力于灿烂的民族文化的滋润。风助物长，近几十年陈式太极拳的广泛普及，谁又能说不是得益于民族文化正在走向复兴的历史机遇呢？

后记

二〇一二年五月，我的散文集《阳光裹着记忆》由人民文学出版社出版，收入集子里的文章全部为有关女性的记忆。此后，我便想着再出一本专门回忆男性的散文集，作为姊妹书出版。今年初春开始，我一边整理旧作，一边续写新篇，把烙印在记忆里尚未来得及写出的《一位就那么疯了的“疯子”》等篇什，一气呵成，最终完成书稿。

在整理书稿过程中，我思忖：这些年写出的东西不算少了，有些想法该捋捋，归纳思路，以便往后尽量头脑清醒地去写作。

其实，这些年我也不算盲目，一直在追寻散文写作的纯情。这要追溯到上世纪九十年代中后期。编辑家、作家周彦文先生从一九九六年开始，每年主编出版一本《当代散文精品》，选本中常会收录我的散文。看我的散文多了，他说：“我发现你的散文最大的特点是写人物的文字细腻、生动、深刻、充满情感；无论生活与命运幸或不幸，你总是能把苦涩转化为甘润，冷漠转化为温存，悲凄转化为欣慰。”是的，我们的生活或命运，尤其我所经历的上世纪六七十年代，有那么多的苦难、无奈和无助，有时甚至充满仇恨和邪恶。但这一定不是生活的全部。假如长久地陷入对苦难、忌恨、邪恶，或者忧伤、痛惜的回想之中而不能自拔，那我们就无法看见生活的阳光，感受命运带给我们的慰藉。作家的职责之一在于揭露和鞭笞邪恶、丑陋，但若能将其转化为正义、宽容、尊重和关爱，如此我们传递给读者的才是欢乐、和谐、幸福。用时下的热词来说，这就叫传递“正能量”。评论家陈实先生说：“在新源所有的‘乡村叙事’中，我们可以看见苦难、无奈和无助，但看不见仇恨、怨毒和嗤诋。新源其实为我们建立了一种如何看待痛苦的哲学。”这样的评价我觉得过誉了，不敢担当。陈实先生还说：“让读者更多地读到新源散文的率真、温柔、纯洁、真挚、善良和美丽，这些已成为新源的道德坐标和戒律。”这点我虽未能做到，却是十分认可的。

我注重并且特别用心地去实践“散文的真实性”。也是在上世纪九十年代初，我在参加某次散文笔会时就曾与笔友们讨论过这个问题。一直以来，我始终认为真实是散文的生命。因为，散文是最能表达内心体验和抒发内心情感的文学样式，它以从内心深处迸发出来的真实情感去打动读者。并且，纯情散文大概也最适合于真实写作。我以为纯情散文的特质便是对人的内心世界的深层次表达，包括生存状态、生命意识、人生、人情、人性。人世间，绝大多数人都在追寻宽容、通达的人生态度。我的这本散文集里的大部分篇章，所描述的是那些默默无闻的人和平平淡淡的事，尽力发掘其闪光的人性，竭力营造一种心之最高境界，我觉得这是契合散文家心性抒发、感叹与超越的本质的。

散文一直存在矫情和虚假的偏向。把扭曲的散文和现实生活的关系重新扭转过来，使之回归到自身审美属性上来，这是我始终坚持纯情散文写作的根本理由。

我对“纯情”亦有着自己的态度。纯情就是纯粹，没有杂质、杂念，没有功利、心机、世故。纯情虽然会随着生活的嬗变而虚化，随着生存状态的改变而蒸发，随着生命年轮的增加而流失；也可能被世故所取代，被庸俗所污染，因弱化而蒙尘。在这样的状况下，作家假如能够将珍藏于心灵深处的纯洁情感掏出来，在平静的追忆和述说中，让读者看见的不仅是日子，听到的不仅是故事，而且能够开启记忆的闸门，明辨丑恶的智慧，更加强对纯情时代的怀念，对纯洁情感的珍惜，不是一件很有意义的事情吗？陈实先生把我的这种姿态叫作纯情的坚守：坚守思想，坚守灵魂，坚守人格。

他又说，有了这份坚守，就像荒漠中坚守一棵树，干涸中坚守一道泉，在以消费为时尚，以交换为原则的现实中，坚守正气与尊严。我觉得这是评论家们对我十数年来坚持纯情写作所给予的善意定位和积极肯定。

我觉得这是我做出了一件对社会有意义、对读者负责任的事情。

在写作这本专门回忆男性的集子时，我内心蕴藏着英雄情结。我确实感觉到，在历史的进程中从来不缺乏英雄，但事实则是小人物众多。历史是这些普通人和英雄共同创造的，所不同的是英雄会被载入史册，而普通人则总是淹没于历史洪流，极少能被人们记起。我正是怀着歌颂和感恩、敬畏普通人的心绪，力图用这支笨拙的笔，描写记忆里那些永恒的人性之美，希冀他们的德行宛如灿烂的阳光，照彻历史天空，点亮万千人的心灯。

这本书的问世，应该感谢的人很多，但我必须提及为本书写序的周大新、题写书名的贾平凹两位当今文坛大家，看书稿后写来不乏溢美之词推荐言的、我尤为敬重的老作家金敬迈，以及著名作家徐贵祥、著名评论家谢有顺两位当今文坛骁将。他们的鼓励必将推着我继续迈动有力的脚步，向着文学高地前行。金敬迈老人曾经说过这样一句话：龟裂的田野上，哗哗的流水声最动听，哪怕只是一滴水的响动，也能唤醒干枯大地的欢腾。但愿我的这本集子能如一滴泉水，滴落在读者的心田，唤起哪怕一丝微弱的感动。

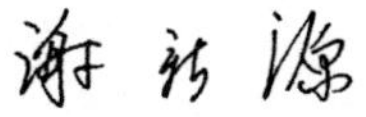

癸巳年初夏于广州南湖五味斋